KB252191

# 2등을
# 위하여

# 2등을 위하여

**초판 1쇄 발행** 2014년 03월 31일
**초판 6쇄 발행** 2023년 11월 25일

**글** 실비아 태케마
**그림** 오승민
**옮김** 하연희

**책임편집** 김초희
**책임디자인** 유영준

**펴낸이** 이상순
**주    간** 서인찬
**편집장** 박윤주
**기획편집** 한나비, 김한솔, 김현정, 이주미, 이세원
**디자인** 이민정
**마케팅홍보** 이상광, 이병구, 신희용, 오은애

**펴낸곳** (주)도서출판 아름다운사람들
**주소** (413-756) 경기도 파주시 회동길 103
**대표전화** 031-8074-0082  **팩스** 031-955-1083
**이메일** books777@naver.com
**홈페이지** www.book114.kr


Seconds

생각쑥쑥문고 ③

# 2등을 위하여

글 실비아 태케마 그림 오승민 옮김 하연희

아름다운사람들

## 차례

# 분명한 진로 방해

제이크는 크로스컨트리(경기장 트랙이 아닌 숲이나 들판, 도로 등을 달리는 장거리 경기)가 질색이었다. 출발 총성이 울리기 직전 긴장이 최고조에 달하는 그 몇 초도 싫고, 출발 직후 좋은 위치를 차지하겠다고 팔꿈치로 서로를 찍어 댈 때도 싫다. 길게 자란 풀이 발목을 휘감고, 나뭇가지가 머리를 쓸고 지나가고, 진흙이 신발이며 다리에 튄다. 숨이 차오르면서 명치 끝이 아프고 머리가 지끈댄다. 다리 근육은 당장 주저앉으라고 소리를 질러 대는 것 같다. 오르막길은 고통스럽고, 평평

한 길은 지루하다. 걸핏하면 나타나는 돌부리에 발가락을 짓찧는다. 한달음에 뛰어넘기에 너무 넓은 시내를 만나면 도리 없이 물속으로 걸어 들어가야 하는데, 양말과 신발이 물을 머금어서 움직일 때마다 질펀거린다. 더 달리기는 싫었지만, 지금 와서 그만둘 수는 없었다. 오늘만은 무슨 일이 있어도 스펜서 솔로몬을 꺾기로 마음먹었으니까. 스펜서는 지난번 열린 1차 경기에서 1등을 차지했다. 제이크가 우승을 내주었다고 해야 옳을 것이다. 코스가 낯설었던 데다 준비도 잘 되어 있지 않아서 그랬다. 하지만 이번 2차 경기는 다르다.

한 발 내디딜 때마다 호흡은 가빠지고 침이 사방으로 튀었다. 죽어라 간격을 좁혀 나가고 있기는 했지만 스펜서는 여전히 5미터쯤 앞이었다. 3미터. 2미터. 이제 결승선까지 300미터도 채 남지 않았다. 힘을, 내야, 한다. 제이크는 젖 먹던 힘까지 짜냈다. 마지막 언덕에서 스펜서를 따라잡을 수도 있을 것 같았다. 처지지만 말자. 처지지만 않으면 돼. 그때 스펜서가 갑자기 전력 질주로 화살처럼 앞서 나가 버렸다. 어찌된 영문이지? 제이크는 스펜서가 헤집어 놓은 진흙을 밟으며 이를 악물었다. 달리자. 달리자. 그렇게 언덕을 올라서 결승선에 다다랐다. 제이크는 거친 숨을 내쉬며 번호판을 뜯어내 내동댕이쳤다. 그리고 셔츠를 끌어올려 얼굴에 묻은 진흙을 닦았다. 또…… 2등.

호흡을 고르기 위해 잠시 걸었다. 3차 경기 때는. 반드시 스펜서를 이기리라. 머릿속으로 코스도 다시 한 번 되새겼다. 평지에서 몇 초 더 단축할 수 있을지도 모른다. 무엇보다 언덕을 좀 더 빠르게 올라야겠다. 제이크는 자전거를 세워 둔 곳으로 돌아와서 물병과 배낭 속 운동복을 꺼냈다. 그러다 트랙 가장자리에 앉아 신발을 갈아 신던 아이에게 걸려 넘어질 뻔했다.

"안녕, 제이크?"

제이크가 몸을 똑바로 세우며 내려다보았다.

"사이먼?"

사이먼 패터슨. 한때 옆집에 살며 레고 쌓기나 비디오 게임 같은 것을 함께했던 친구였다. 사이먼네 집에는 커다란 트리 하우스(나무 위에 걸쳐 지은 오두막을 뜻한다.)가 있었다. 우리는 몇 시간씩 그곳에 틀어박혀 있기도 했고, 한번은 잠까지 자려 했다가 부엉이 소리가 무서워서 포기했던 적도 있다. 사이먼네 집 지하실에서 어마어마하게 큰 조립식 로봇을 완성하기도 했고, 제이크네 집 거실에서 영화를 보기도 했다. 제이크의 아빠는 아이들이 원하는 토핑을 잔뜩 올려서 피자도 구워 주었다. 마시멜로를 얹은 피자는 다시 생각하고 싶지 않지만.

그러다 제이크가 2년 반쯤 전 도시 반대편에 있는 더 넓은 집으로 이사를 가게 됐다. 사이먼이 새 집에 한두 번 놀러 오기는 했지만, 마침 그때는 제이크가 하키에 미쳐 있을 때였다. 매 경기 빠짐없이 챙겨 보면서 프로 팀 이름과 선수들의 이름을 줄줄 꿰었다. 직접 선수로 뛰어 보고 싶기도 했으나 장비가 너무 비쌌고 연습 일정을 맞추기도 쉽지 않았다. 달리기는 그런 면에서 제한이 별로 없었다. 반면 사이먼은 하키에 큰 관심이 없었다. 지금은 제이크도 열정이 식었다. 어쨌든 그런저런 이유로 1년 가까이 사이먼을 보지 못했던 것 같다. 땅딸막하고 살짝 어설퍼 보이는 친구, 우스갯소리를

잘 하는 친구, 안경에 스파이더맨 티셔츠를 즐겨 입던 친구
였다. 사이먼은 스파이더맨의 팬이었다.

"사이먼! 오랜만이다! 여기서 뭐 해?"

사이먼이 고개를 들었다. 곱슬머리, 안경, 붉은 티셔츠가
여전하다.

"경기 뛰었어."

"진짜? 네가 크로스컨트리를 하게 될 줄은 몰랐는데. 나쁜
뜻은 아니야."

사이먼이 웃었다.

"괜찮아. 나도 몰랐어. 엄마가 시켜서 시작한 거야. 따라
하기 쉬울 거라나. 손발이 따로 놀아도 되는 운동이란 말이
었나 봐. 근데 하다 보니 좋아졌어."

"그래? 오늘 몇 등으로 들어왔니?"

"36등."

36등? 쯧쯧. 36등을 하고도 저렇게 신이 났다니.

"지난주에는 40등이었어. 36등이면 꽤 오른 거야. 기분이
참 좋네."

제이크가 생각했다.

'그게 문제야. 선두 그룹에서 낙오하지 않기 위해 죽을힘을 다해 달리고 또 달린 뒤에는 기분이 좋을 수가 없지. 넝마가 된 기분이 들 텐데. 나처럼.'

사이먼이 물었다.

"너는 몇 등 했니?"

"2등."

"2등? 대단하다! 하긴 너는 달리기를 잘했으니까."

"내 앞에 가던 애가 진로를 방해했어."

좀 더 잘했어야 했는데, 대답을 하다 보니 잊고 있던 분노가 다시 솟구쳤다.

"그러면 안 되지."

사이먼이 대답했다.

"이것 좀 봐. 스펜서 솔로몬 때문에 온몸이 진흙투성이야."

"오늘 코스가 진흙탕이긴 했어. 돼지우리 바닥 같은 곳도 있더라. 그럼 스펜서가 1등이야? 걔가 정말 진로를 방해했어?"

“당연하지.”

“그런 짓을 할 애가 아닌데…….”

‘네가 뭘 알겠니? 넌 꼴찌 그룹에 있어서 아무것도 못 봤을 텐데.’

제이크는 사이먼을 속으로 비웃으며 말을 이었다.

“내가 보기엔 분명 진로 방해였어.”

# 또 2등

그 다음 주 화요일 오후, 제이크와 스펜서를 포함해서 100여 명에 달하는 선수들이 다시 같은 코스에서 경기를 펼쳤다. 결승전 진출자를 가리기 위한 총 여섯 차례의 경기 중 세 번째 경기였다. 스펜서는 이번에도 선두였다. 한 해 전 제이크가 학교 크로스컨트리 팀 소속이었을 때는 매 경기 손쉽게 우승하고는 했다. 코치 선생님이 시 주최 크로스컨트리 대회에 나가 보라고 권유할 정도였으니까. 우승할 가능성이 높다면서. 픽이나⋯⋯.

화가 치밀었다. 속이 타 들어갔다. 다리는 납덩이 같았다. 대체 뭘 잘못했을까? 밥도 잘 챙겨 먹고, 물도 많이 마시는데. 매일 아침 6시에 일어나 코스의 두 배에 달하는 거리를 뛰고 있는데도 소용이 없다. 이번에도 초록색 러닝화를 신은 스펜서의 다리가 언덕 너머로 바쁘게 사라지는 광경을 뒤에서 지켜봐야 했다. 깊이 파고들자. 제이크가 다짐했다. 더 깊이. 그렇지만 늘 부족했다. 다리, 언덕, 결승선. 또 2등. 왼편에서 스펜서가 엉덩이에 양손을 올린 채 천천히 원을 그리며 걷고 있었다. 속이 부글부글 끓었다. 결승선을 지키던 심판이 말했다.

"수고했다."

그 순간 말이 튀어 나갔다.

"저기 초록색 러닝화 신은 아이 보이시죠? 쟤가 저를 밀었어요. 코스를 거의 이탈할 정도로 밀어서 시간이 더 걸렸어요."

제이크도 자신의 입에서 나오는 말에 심판만큼이나 깜짝 놀랐다.

“우승한 아이가? 밀었다고?”

“어……, 네…….”

“그게 사실이라면 상당히 심각한 사건이다.”

그가 제이크의 눈을 똑바로 쳐다봤다. 제이크는 몇 초가량 그의 시선을 받아 내다가 고개를 떨구었다. 호흡이 잘 가라앉지 않았다. 계속 숨이 찼다.

“내가 알아보마. 정확히 어느 지점이었니?”

제이크가 다시 고개를 들었다.

“잘 기억이 안 나요. 한 4분의 3쯤 왔을 때였나? 신경 쓰지 마세요. 경기는 이미 끝났으니 상관없어요.”

“아니다. 꽤 심각한 사건이야. 여기 잠시 있어라.”

제이크는 멍한 상태로 자전거를 가지러 갔다. 내가 방금 무슨 짓을 했지?

사이먼이 다시 트랙 가장자리에 앉아 신발을 갈아 신고 있었다.

“제이크.”

“사이먼.”

“오늘 성적은 어땠어?”

손가락 두 개.

“너는?”

“33등. 좀 올랐어.”

사이먼이 환하게 웃었다.

제이크는 사이먼 옆에 털썩 주저앉았다.

“내 신발에 스펜서 신발만큼 좋은 스파이크가 박혀 있었으면 아마 1등 했을 거야. 아무리 얘기해도 아빠는 안 사 주시더라고. 너무 비싼데 금방 작아질 거라나.”

“맞는 말씀이지, 뭐. 네 신발도 꽤 좋아 보여. 조금 낡아서 그렇지.”

사이먼이 대답했다.

“그래도 불공평해. 스펜서는 나보다 좋은 신발을 신어서 유리했던 거야.”

“좋아 보이긴 하더라.”

사이먼이 잠시 말을 끊었다가 이었다.

“그냥 스펜서가 잘 달리는 것일 수도 있어, 제이크.”

“나는 못 달리고?”

“그런 말이 아니잖아. 2등도 훌륭해. 그리고 난 스펜서가 새 신발을 산 덕을 좀 봤지. 예전에 신던 신발을 나한테 물려 줬거든. 그냥 러닝화를 신다가 스파이크가 박힌 신발을 신으니까 확실히 다르더라.”

사이먼이 신발 한 짝을 들어 올리며 웃었다.

제이크의 표정이 굳었다.

“네가 달라고 했어?”

“아니. 걔가 먼저 신겠냐고 묻던데. 작아졌다면서. 내 발에는 딱 맞기에 내가…….”

“넙죽 받았어?”

어떻게 그럴 수가 있지?

“뭐, 어차피 안 쓴다고 하니까. 나눠 쓰면 좋잖아.”

제이크가 고개를 가로저으며 말을 이었다.

“사이먼, 너 걔가 무슨 짓을 했는지 모르겠니?”

“호의를 베풀었잖아.”

“아니야! 널 무시한 거야. 넌 자기 적수가 안 된다고 대놓고 무시한 거나 다름없다고."

"내가 걔 적수가 안 되는 건 맞잖아."

"나는 돼. 다음 주에 확실히 알려줄 거야."

제이크가 입속으로 중얼거렸다. 그때, 아까 결승선에 있던 심판이 다가왔다. 한숨이 나왔다. 왜 그런 말을 했는지.

"1등 한 아이에게 물어봤는데, 민 적이 없다고 하는구나."

"그렇게 말할 줄 알았어요."

제이크가 대답했다.

"그래, 그래서 코스 모니터 요원들과도 얘기해 봤다. 요원들도 그런 행위는 눈에 띄지 않았다고 하는구나."

심판이 잠시 말을 멈췄다가 다시 입을 뗐다.

"심지어 너하고 1등을 한 선수 사이의 거리가 너무 멀었기 때문에 밀려야 밀 수도 없었다는데."

할 말이 생각나지 않았다. 대체 무슨 정신으로 그런 거짓말을 지어냈는지. 정말 순위를 바꿀 수 있으리라 믿었나? 목소리가 떨렸다.

"그, 그분들이 놓쳤을 수도 있죠."

심판은 얼굴을 찌푸리더니 고개를 끄덕였다.

"우리가 웬만해서는 아무것도 놓치지 않으니까 앞으로도 그 점은 절대 염려하지 마라."

말을 마친 심판은 돌아서서 멀어졌다. 제이크는 반대 방향에 놓인 자전거를 향해 걸었다. 등 뒤로 사이먼의 시선이 느껴졌지만 돌아보지 않았다.

쭈그리고 앉아서 자전거 자물쇠를 푸는데 누군가가 옆으로 다가왔다.

"아빠?"

"제이크, 경기는 어땠니?"

"그냥 그랬어요. 올 필요 없다니까."

아빠가 장난스럽게 눈을 반짝이며 웃었다.

"그래, 네가 오지 말라고 했지. 선수들이 경기에 집중하도록 도와주려면 오면 안 되는데."

아빠가 줄지어 도로로 나서는 자동차 행렬을 바라보며 말을 이었다.

"그런데도 이렇게나 많이 왔네. 아빠 차로 갈래?"

"자전거는 어떡하고요."

"그래. 그럼 집에서 보자."

드디어 자물쇠가 풀렸다. 아빠 말이 옳았다. 훌륭한 선수는 절대 스스로의 집중력이 흐트러지도록 내버려 두어서는 안 된다. 막상 아빠가 돌아서서 가 버리니 약간 서러워졌다.

# 속력의 비결

"제이크!"

제이크는 엄마가 부르는 소리를 들었지만 지하실에서 한창 운동하던 중이라 멈추고 싶지 않았다. 오늘은 혼날 짓을 하지도 않았다. 쓰레기도 내다 버렸고, 고양이 먹이도 줬다. 별 이유 없이 불렀을 가능성도 있으니, 조금만 숨죽이고 기다리면 엄마가 잊고 넘어갈지도 모른다. 아니면 형 루크를 대신 소환할 수도 있다. 형은 하루 종일 이어폰을 귀에 꽂은 채 기타를 들고 빈둥거린다. 제발 형도 집에 있다는 사실이 엄마의 뇌리에 스치기를…….

"제이크!"

엄마의 목소리가 더 커졌다. 도리가 없다. 제이크는 수건을 집어 들고 위층으로 올라갔다.

엄마가 활짝 열린 냉동실 문을 발로 지탱하면서 양손에 양상추와 얼린 완두콩 봉지를 들고 서 있었다. 발치에는 시장 봐온 물건이 수북하게 쌓여 있었다.

"엄마, 왜요?"

"이게 다 뭐니?"

"아, 그거요? 내 물병. 훈련이나 경기할 때 들고 나갈 거예요. 스포츠 음료로 얼음도 얼려 놨어요. 찬물에 타 먹으려고요. 스포츠 음료는 희석시켜 먹어야 좋대요. 기발하죠?"

"그래, 우리 아들 영특하기도 하네. 그럼 이건?"

엄마가 고개를 까딱하며 줄줄이 늘어서 있는 녹색 병을 가리켰다. 그러자 제이크의 눈이 반짝 빛났다.

"아, 내 속력의 비결! 피클이에요."

"피클이 속력의 비결이라고?"

“응! 내가 다 찾아봤어요. 피클이 그렇게 좋대요. 경기 전에는 건더기를 먹고, 경기 당일에는 국물만 마시고.”

“국물을 마셔?”

“네!”

“피클 국물을?”

“네에!”

“생각만 해도 메스껍다.”

“그럴 수도 있죠. 근데 피클 국물이 근육 경련을 예방해 준대요.”

“그렇구나. 전혀 몰랐네. 그럼 나는 시장 봐 온 물건을 어디다 넣어야 하니?”

제이크가 내 일 아니라는 듯 어깨를 으쓱했다. 그러고는 가볍게 냉장고를 하나 더 사시라고 제안했다. 그러자 엄마가 웃었다.

“냉장고에는 한 번에 피클 한 병, 물 한두 병, 스포츠 음료 얼음 한 틀만 보관하자. 이렇게 3년은 먹을 분량을 한꺼번에 쟁여 놓지 말고. 나머지는 지하실로 옮겨.”

제이크가 눈알을 굴리며 한숨을 내쉬었다.

"그럴 수는 있는데……. 그러면 냉장고에 뭐가 얼마나 남아 있는지 항상 확인해야 하니까……."

이번에는 엄마가 눈을 굴릴 차례였다. 엄마는 목소리를 낮게 깔고 말했다.

"네가 만날 붙들고 사는 그 잡지 기사 같은 소리를 하고 있구나. 겉에 이름표를 붙여 놓으면 되지. 언제 재고를 보충해야 하는지 금방 알 수 있게 도와줄게. 어때?"

엄마는 손에 들고 있던 양상추를 제이크에게 던지며 물었다. 제이크가 양상추를 받아 들고 싱긋 웃었다.

"알았어요. 엄마, 그라놀라 바(견과류, 곡물 등을 넣어 만든 막대 모양 식품)는 사 오셨어요?"

"벌써 다 먹었어? 지난주에 대용량으로 사다 줬잖아."

"예전에 끝냈죠. 바나나도 없어요. 엄마, 나 바나나 많이 먹어야 해요."

"알았다. 그런데, 아들. 너 올림픽 출전하는 건 아니야, 알지? 대회를 너무 심각하게 받아들인다는 생각 안 들어?"

“아니요. 뭐든 시작했으면 제대로 해야죠. 엄마 아빠도 늘 그렇게 말했잖아요. 육상은 과학이에요. 엄만 제가 불량식품이나 사 먹었으면 좋겠어요?”

엄마는 웃으면서 제이크의 머리를 장난스럽게 흐트러뜨렸다.

“절대 아니지. 바나나 새로 사다 줄게. 단, 너무 대회에만 열중하지 않겠다고 약속해.”

“나 다시 지하실로 내려가도 돼요? 운동 중이었거든요.”

“냉장고랑 찬장 정리 도와줘야 내려갈 수 있어.”

“어~엄~마~아~.”

“운동의 연장이라고 생각해.”

제이크는 겨드랑이에 땅콩버터 병을 끼고 양손에 식빵을 한 덩이씩 들었다. 그러고는 찬장으로 가면서 다시 입을 열었다.

“엄마, 내가 지난번 경기에서 누구를 봤는지 알아요?”

엄마가 냉장고 앞에 쭈그리고 앉아 피클 병을 들어내며 물었다.

“누구?”

“사이먼 패터슨.”

“사이먼? 진짜? 걔 요즘 어떻게 지내니? 그러고 보니 너희가 서로 못 본 지도 꽤 됐구나. 집에 한 번 놀러 오라고 해.”

“글쎄. 사이먼은 좀⋯⋯.”

제이크가 말을 멈췄다. ‘지질하다’는 말이 혀끝까지 올라왔다가 내려갔다.

엄마가 돌아보며 물었다.

“좀, 뭐?”

“아니야, 그냥 본 지가 오래 됐다고요.”

# 1초, 딱 1초 차이

드디어 결전의 날이 왔다. 느낌이 좋았다. 오늘은 반드시 승리할 것이다. 선수들은 다시 출발선에 섰다. 그러나 그중 제이크가 경계하는 대상은 단 하나였다. 약 3미터 떨어져 서 있는 그 녀석. 고급 스파이크가 박힌 초록색 러닝화 차림의 그 녀석.

"오늘 울면서 집에 갈 사람이 한 명 있는데, 절대 나는 아니야."

혼잣말을 하고 있자니 약간 죄책감도 느껴졌지만 제이크

는 좀 더 강해지는 기분이었다. 오늘은 강해야 한다.

제이크는 출발선에서 마음을 가다듬었다. 출발이 중요하다.

"준비!"

심판이 외치면서 총을 높이 치켜들었다. 총성이 울리기 직전, 열 명 정도 되는 선수들이 앞으로 튀어나갔다. 부정 출발이네, 제이크는 몸에서 힘을 뺐다. 한데 잘못 출발한 선수들이 돌아올 생각을 하지 않고 계속 앞으로 나아가지 않는가? 제이크는 심판을 돌아보며 항의했다.

"부정 출발이잖아요!"

심판은 고개를 가로저으며 어서 뛰라고 손짓했다.

"출발해!"

"말도 안 돼!"

제이크는 속도를 높이며 낮게 부르짖었다.

조짐이 좋지 않다. 평소에는 가장 먼저 출발하는 열 명 틈에 끼어 있었는데, 지금은 맨 끝이다. 열심히 따라잡고 있는데 갑자기 길이 좁아졌다. 양 옆은 가파른 비탈이라 도저히 추월할 방법이 없었다. 설상가상 바로 앞에 가는 덩치 큰 선수가 시야를 완전히 막고 있었다. 이쪽저쪽으로 몸을 심하게 흔들며 뛰고 있어서 더 답답했다. 비켜, 비키라고! 마침내 길이 넓어지는 지점에 다다르자마자 제이크는 몸 흔드는 선수를 포함해서 열댓 명 정도를 순식간에 제쳤다. 여전히 제이크 앞에는 적지 않은 수의 아이들이 포진해 있었다. 그런데 얼마 떨어지지 않은 곳에서 눈에 익은 초록색 운동화의 움직임이 포착됐다. 스펜서다. 스펜서가 바로 앞에 있다.

제이크는 조금씩 전진하기 시작했다. 숲을 관통하는 오르막길이 나왔다. 길 양쪽에 나무가 무성했다. 앞쪽에 있던 선수들의 속도가 살짝 느려졌다.

'나는 어쩌지? 이대로 그냥 간다!'

그때 누군가가 쓰러졌다. 경련이 일어난 듯했다. 여기서 걸려 넘어지지 않게 조심해야 한다.

'가만. 사이먼? 사이먼인가?'

붉은 티셔츠를 입은 사이먼이었다.

'대체 무슨 일이지? 얼굴에 피가 묻어 있고 안경도 없던

데.'

선수들은 마치 교통사고 현장을 지나쳐 가는 자동차처럼 쓰러진 사이먼 옆을 유유히 지나갔다. 나는 멈춰야 한다. 사이먼을 도와야 한다. 그렇지만 지금은 때가 아니었다. 생각만큼 심각한 상태가 아닐 수도 있고, 내가 응급요원도 아니잖은가? 모니터 요원들이 있으니 알아서 돌봐 줄 것이었다.

그 지점에서 옆으로 난 좁은 길이 보였다. 제이크는 기회를 놓치지 않고 좁은 길을 따라 쭉쭉 앞서 나갔다. 스펜서가 뒤쪽에 몰려 있는 선수들 틈바구니에 아직 끼어 있기를 바랄 뿐이었다. 계속 달려야 한다. 다시 선수 하나를 제치고, 넷을 제치고, 둘을 더 제쳤다. 드디어 혼자다. 제이크는 숲을 빠져나와 내리막길로 들어섰다. 덤불로 덮인 작은 언덕을 몇 개 더 넘고, 시냇가 풀숲을 헤치며 달렸다. 집중하자. 집중하자. 앞만 보자. 들숨, 날숨, 들숨, 날숨. 달리다 보면 다른 선수가 나타날 줄 알았는데 끝까지 아무도 보이지 않았다.

'내가 1등이다! 됐다!'

전략이 들어맞았다. 남들보다 늦게 출발했기에 더 값진 승리었다. 속도 유지. 속도 유지. 저 멀리 결승선의 깃발이 보였다. 500미터나 남았을까……? 다리를 건너고, 언덕만 오르면 된다. 힘을 내자. 다리가 무거웠다. 목도 따가웠다.

그런데, 그 녀석 소리가 들렸다. 다리로 들어서기 직전 자갈을 밟고 다가오는 그 녀석의 발소리. 무겁지만 고른 숨소리도 들린다. 뒤를 바짝 쫓아오고 있었다. 힘을 내자. 힘을 내자. 돌아보고 싶지만 그럴 시간이 없다. 제이크는 다리를 건너서 나뭇가지를 낮게 드리우고 있는 나무 밑을 지났다. 힘을 내자. 이제 100미터 남았다. 선두 유지. 선두 유지. 마지막 오르막길을 단숨에 올랐다. 앞으로. 앞으로. 처지면 안 된다. 오늘만은 진흙을 뒤집어쓰지 않겠다고 다짐했다. 오늘만은. 50미터. 20미터. 10미터.

'다 왔어. 다 왔어.'

7미터 남은 지점에서 초록색 운동화가 옆을 스쳐 지나갔다. 그리고 3미터 남은 지점에서 진흙이 비 오듯 쏟아져 내렸다. 허겁지겁 결승선을 통과했지만 스펜서가 딱 한 발 앞섰다. 1초. 1초 차이로.

# 사이먼의 상처

제이크는 사이먼 옆에 무너지듯 주저앉았다.

"어떡하다가 그렇게 됐니?"

사이먼의 볼에는 긁힌 상처가 있고 이마에는 불그죽죽한 혹이 솟아 있었다.

"나뭇가지가 얼굴을 정통으로 쳤어. 멍청하지. 나뭇가지가 늘어져 있는 곳인데 그걸 못 피해서."

"아파?"

"조금. 아프기보다는 창피해. 나뭇가지에 맞아서 안경은

날아가고, 안경 주우러 뛰어가다가 진흙탕에 굴러서 머리를
바위에 부딪쳤어. 굴렀다가 바위에 부딪쳤으니 진정한 로큰
롤(rock-and-roll) 정신이지."

제이크가 웃었다.

"그러네. 와서 우리 형이랑 합동 공연 한번 해라."

사이먼도 크게 웃었다.

"넌 어땠어?"

제이크가 우거지상을 하며 신음소리를 냈다.

"2등. 에잇!"

대답을 하고는 풀밭에 벌렁 드러누웠다. 그러자 사이먼이
말했다.

"진짜 잘 뛰었나 보네."

"무슨 소리야?"

"출발 직후에 네가 안 보이기에 뒤에 있나 찾아보려고 돌
아봤거든. 근데 뒤쪽 애들이 무슨 기차처럼 사정없이 밀려오
더라고. 그냥 가야겠다 싶어서 가다가 또 돌아봤지. 그때 나
뭇가지에 부딪쳐서 나가떨어졌어."

“나를 찾다가 그랬다고?”

제이크가 벌떡 일어나 사이먼의 뺨에 난 상처를 응시했다. 그러다가 말을 이었다.

“나도 멈춰서 도와주려 했는데 그때가 아니면 도저히 추월을 못 할 거 같았어. 애초에 몇몇이 부정 출발을 했잖아. 내가 그래서 1등을 놓친 거야.”

“부정 출발? 이게 무슨 올림픽이냐?”

제이크는 고개를 가로저으며 웃었다.

“우리 엄마도 그러더라.”

사이먼은 제이크를 바라보며 씩 웃었다.

“아무튼 괜찮아. 맥스 첸이 도와줬어. 안경도 주워 주고 모니터 요원한테 데려다 주고.”

맥스는 보통 10등 안에 드는 아이였다.

“너 정말 괜찮아?”

“그럼.”

“다음 주에도 나올 거지?”

“그럼.”

제이크는 자전거를 가지러 가는 길에 경기 기록 전광판을 살폈다. 맥스 첸은 33등이었다. 세상에. 왜 굳이 사이먼을 돌보겠다고 멈췄을까? 모니터 요원도 어차피 알아서 왔을 텐데. 그러다 제이크의 눈이 커졌다. 사이먼 패터슨이 96등에 올라 있었다. 이마에 혹을 달고 경기를 완주했던 것이다. 게다가 꼴찌도 아니었다.

# 시험대에 오른 정신력

"제이크, 저녁 먹어라!"

"가요!"

제이크가 육상 잡지를 책상 위에 던지고 아래층으로 뛰어내려갔다. 정신력 강화에 관한 기사를 읽던 중이었다. 지금 필요한 건 뭐? 바로 정신력이었다. 계단을 내려가려니 다리 근육이 욱신거렸다. 하루에 두 차례로 훈련을 늘렸는데, 아직 몸이 적응되지 않았다. 천천히 훈련량을 늘리면서 휴식을 충분히 취해야 한다는 기사도 많았지만 제이크의 눈에는 들어오지 않았다. 휴식? 쉴 거 다 쉬고 대체 언제 우승을 하겠는가? 절대 안 된다. 정신력을 강화해야 한다. 그래야 이긴다.

부엌으로 들어가니 엄마가 기다리고 있었다.

"빨리 앉아. 오늘 저녁은 아빠표 타코(토르티야에 여러 가지 재료를 넣어서 먹는 멕시코의 전통 음식)다. 식기 전에 얼른 먹자."

아빠는 지난번 생일 선물로 받은 '타코의 달인'이라고 써진 앞치마를 두른 채 접시를 날라다 주었다.

"매우니까 조심해."

제이크는 물을 따르고 있는 엄마를 쳐다봤다.

"타코? 엄마, 지난주에 말했잖아요. 나 매운 음식 먹으면 안 된다고. 나는 파스타나 쌀을 먹어야 해요."

엄마가 웃으며 말했다.

"지난주에 스파게티만 세 번을 먹었어. 이제 다른 것 좀 먹자. 아빠가 만드는 타코는 별미잖아. 얼른 와서 앉아."

엄마 말대로 앉기는 했지만 제이크는 음식을 깨작거릴 뿐이었다. 형 루크는 잘게 채 썬 치즈가 가득 담긴 대접을 눈앞에서 흔들어댔다. 그래도 제이크는 꿈쩍도 하지 않았다.

"진정한 육상 선수는 매운 음식을 먹지 않아."

루크가 얄밉게 킥킥댔다.

"내 말이 그 말이야. 그러니까 네가 왜 안 먹느냐고. 난 더 먹을래. 타코가 얼마나 맛있는데."

'나도 알아. 그렇지만……'

제이크는 한숨을 내쉬며 물었다.

"나 땅콩버터 바나나 샌드위치 만들어 먹어도 돼요?"

엄마가 아빠를 쳐다보며 말했다.

"아빠한테 허락 받아. 아빠가 셰프니까."

"아빠?"

"그러렴. 근데 분명히 후회할 텐데."

아빠가 눈을 찡긋하며 허락해 주었다. 그러자 제이크는 찬장으로 달려갔다.

"엄마, 땅콩버터 거의 다 먹어 가요."

"장보기 목록에 적어 놔."

"빵도. 통밀빵."

“알았어.”

“초콜릿 우유도. 경기 후에 몸을 빨리 회복하려면 초콜릿 우유를 많이 마셔야 해.”

“아, 그러세요?”

그때 루크가 짐짓 심각한 목소리로 끼어들었다.

“엄마, 난 과자가 필요해요. 기타 연습 후에 몸을 빨리 회복하려면 과자를 많이 먹어야 하거든요.”

아빠도 거들었다.

“난 아이스크림. 타코 먹은 후에 몸을 빨리 회복하려면 아이스크림이 있어야 해.”

아빠는 이마에 맺힌 땀을 닦으며 말을 이었다.

“와, 정말 맵다. 아이스크림 빨리 뜨자.”

제이크가 돌아보니 모두 깔깔대며 웃고 있었다. 평소 강화해 오던 정신력이 식구들 때문에 시험대에 오를 줄은 몰랐다.

제이크가 물었다.

“왜 웃어?”

루크가 대답했다.

"너 때문에 웃는 게 아니야. 너랑 같이 웃는 거지."

"나는 안 웃긴데."

그러자 아빠가 말했다.

"그럼 우리가 너 대신 웃어 주고 있나 보다. 아무래도 웃는 법을 잊어버린 것 같으니까."

갑자기 화가 치밀어 올랐다. 이렇게 내 심정을 모르나?

"나는 운동을 하니까 연료로 태울 수 있는 음식이 필요하다고. 좋은 음식. 맞는 음식. 그게 왜 웃겨?"

"아니다, 제이크. 아니야."

"나는 뛰려고 먹는 거예요. 달리기는 나한테 굉장히 중요하다고요. 달리기는 유익한 운동이에요."

엄마가 달래듯이 말했다. 하지만 눈에는 걱정하는 기색이 역력했다.

"그래, 그래, 네 말이 맞아. 달리기는 원래 유익한 운동이어야 하지."

# 시험 결과는 반타작

뭔가 개운하지 않다. 저녁 훈련을 15분 늘렸더니 몸 상태가 영 안 좋다. 산소가 부족한 느낌이다. 식탁에 앉아서 신문을 보던 엄마가 고개를 들었다.

"제이크, 길모퉁이에 공사하는 집 봤니?"

"아니요, 길모퉁이?"

"레스토랑이 새로 생긴대. 저 골목 끝에. 이름이 슬-아이스라는데."

"슬-아이스? 슬라이스도 아니고?"

“그렇게 써 있어.”

과연 엄마가 들어 보인 신문 광고에는 ‘슬-아이스. 환상적인 피자와 아이스크림 전문점. 곧 여러분을 찾아갑니다.’라고 써 있었다.

“괜찮아 보이지? 아빠가 만드는 피자만큼 토핑이 다양하진 않겠지만, 버터 스카치맛 아이스크림만 있으면 되지, 뭐.”

사이먼이 가 보자고 했던 데가 여기였구나. 피자 가게가 새로 생긴다면서 전화를 했는데 훈련해야 한다고 단칼에 잘라 버렸다.

“문 열면 같이 가 볼래?”

“으음, 안 돼. 나 너무 바빠. 게다가 요즘 식단을 관리하고 있어서.”

“알았어.”

다음에 만나면 잘 설명해 줘야겠다. 피자나 아이스크림이 도저히 들어가지 않는다고 말이다. 요새 머리도 아프고 무릎도 쑤신다.

“엄마, 나 샤워하고 잘게요.”

제이크는 계단을 오르려다가 걸음을 멈췄다. 형 방에서 기타 소리가 났다. 제이크가 투덜댔다.

"또 기타를 치네. 대체 잠을 어떻게 자라는 거야?"

엄마가 눈썹을 살짝 추켜올리며 물었다.

"왜 그러니, 제이크?"

"아니야. 피곤해서 그래요."

천천히 계단을 오르는 제이크 뒤를 엄마가 따라왔다. 엄마는 잠시 꼭대기에 서 있다가 돌아서서 내려가 루크의 방으로 들어갔다. 그러자 조금 뒤 기타 소리가 멈췄다.

'엄마, 고마워요.'

제이크는 속으로 생각하며 재킷을 벗어 침대에 내려 놓고 주머니에서 종이 한 장을 꺼냈다. 지난주 철자법 시험 답안지다. 스물다섯 문제 중 열세 개를 맞혔다. 반타작이었다. 너무 바빠서 공부를 할 여유가 없었다. 담임 선생님은 성적이 떨어졌다고 대회 참가를 중단시킬 리 없지만, 엄마는 또 다르다. 이번 주 시험은 공부를 좀 하고 봐야겠다. 샤워기에서 떨어지는 뜨거운 물을 맞으면서 천천히 철자를 외웠다. 가만, friendship(우정)이 f-r-e-i-n-d-s-h-i-p이던가? 헷갈린다. 너무 피곤하다. 철자가 뭐 그리 대수인가?

# 드디어 1등! 하지만……

그래, 또 부정 출발하는 아이들이 있거든 오늘은 거기 묻어가자. 오늘을 기다렸다. 준비는 끝났다. 정신 무장도 단단히 했다. 스펜서의 위치 따위는 확인도 안 했다. 출발 총성이 울리자마자 쏜살같이 튀어 나가서 선두를 차지했다. 그 누구도 앞서 나가도록 내버려 두지 않겠다. 이 경기는 나의 경기다. 최선을 다해야 한다. 복통이 느껴졌지만 무시했다. 가슴이 타는 듯한 통증도 있었지만 역시 무시했다.

'이겨 내자. 이겨 내야 해.'

뒤따라오는 발소리는 아직 들리지 않는다. 그렇지만 심장은 쿵쾅거렸다. 손등으로 흘러내리는 땀을 닦아내며 부지런히 양 발을 움직였다.

'느려지지 말자. 느려지지 말자.'

언덕이다. 이제 나무 사이를 통과한다.

'나뭇가지를 조심하자. 쉴 새 없이 발을 놀리자.'

내리막길. 시냇가. 배가 뒤틀리는 것 같다. 다리 근육이 조였다 풀렸다를 반복한다.

'상관없어! 이겨 내자. 계속 발을 놀리자. 앞으로. 나아가자. 앞으로. 나아가자.'

손끝이 저렸다. 발은 감각을 잃었다. 숨쉬기도 괴로웠다. 평지를 가로지르기 시작했다. 그리고 다시 언덕.

'느려지면 안 돼. 느려지면 안 돼.'

꾸준히. 한결같이. 집중 또 집중. 시선은 정면에 고정시키고. 달려야 한다. 앞을 보면서. 오른발 앞에 왼발, 왼발 앞에 오른발, 다른 생각은 하면 안 된다. 마침내 다리가 보였다. 시야가 갑자기 흐려지면서 눈앞에 별이 둥둥 떠다니는 것 같았다. 내딛고. 내딛고. 언덕 위로. 오른발 앞에 왼발, 왼발 앞에 오른발. 다시 오른발 앞에 왼발……. 마침내 결승선을 넘었다.

1등. 1등이다!

‘해낼 줄 알았어. 나는 해냈어!’

머리를 한껏 뒤로 젖히고 숨을 깊이 들이쉬며 둥글게 원을 그리면서 걸었다. 심판이 엄지손가락을 치켜들면서 뭐라고 말을 하는 듯했는데 알아들을 수가 없어 그저 고개만 끄덕였다. 누가 다음 차례로 들어오는지 확인하는 일만 남았다. 초록색 러닝화가 들어와야 하는데 아무도 안 온다. 놀랍다. 대단하지 않은가. 압승이다. 기분이 상쾌했다. 날아갈 것 같았다. 그러다가……. 속이 뒤집혔다. 지금 당장 화장실을 찾아야 한다. 아니면 숲으로라도 들어가야 한다. 메스껍다.

“후유.”

토하고 나니 좀 낫다. 제이크는 나무에 잠시 기대어 있다가 속이 가라앉자 기록 전광판이 있는 쪽으로 움직였다. 1등 제이크 자비스. 그런데 글자가 3D로 보인다. 레이저 빔도 뿜

어져 나오는 것 같다. 제이크는 몇 번 심호흡을 했다. 그리고 신발을 갈아 신고 있는 사이먼 옆으로 갔다. 너무 어지러워서 뒷머리를 손으로 받쳤다. 속은 매듭처럼 꼬여 있는 것 같고, 다리는 후들거리고, 머릿속에서는 메아리가 울리는 것 같다. 그래도 짐짓 아무렇지도 않은 척했다.

제이크는 좀 떨어진 곳에 자리를 잡고 앉았다.

"안녕, 사이먼?"

숨을 내쉴 때마다 피클 냄새가 올라온다. 앉으니까 기분이 훨씬 낫다.

"응, 제이크."

"오늘은 어땠어?"

"나 진짜 잘했어. 25등으로 들어왔는데, 이렇게 쌩쌩해. 할 때마다 조금씩 나아져."

제이크는 고개를 끄덕여 주었다. 잠시 예의를 차린 뒤 1등 소식을 전해야겠다.

사이먼이 말을 이었다.

"달리기에 참 좋은 날씨였어. 해도 나고, 새도 지저귀고."

"새?"

"응. 숲에 얼마나 다양한 새가 사는지 봤니?"

"아니."

"나무 종류도 정말 많아."

제이크가 사이먼의 어깨를 장난스럽게 때리며 말했다.

"지난번에 네 얼굴을 정면으로 가격했던 그 나무도 그중 하나지."

얼굴 상처가 거의 없어져서 다행이다.

사이먼이 웃었다.

"설탕단풍나무였어. 확실하진 않지만. 나 육상 선수에서 '가지치기'를 해서 코미디언이 될까 봐. 하하! 가지치기, 딱 들어맞는 말장난이지?"

"그래, 그래."

제이크가 대꾸했다. 이쯤이면 나의 승전보를 전해도 되려나?

"동물도 많아. 지난주에는 뱀을 봤고, 이번 주에는 토끼를 봤어."

사이먼의 이야기가 길어질 듯하자, 제이크의 인내심이 바닥을 드러내고 있었다.

"나는 여기 야생 관찰하러 온 게 아니야. 난 결승선만 바라봤어."

"여기는 달리면서 볼 것도 참 많은데."

"그렇겠지. 그렇지만 그래서는 우승을 할 수가 없어."

"그렇게 해도 우승은 할 수 있을 것 같은데……."

사이먼이 줄줄이 늘어선 자동차 행렬을 보며 말을 돌렸다.

"너희 아빠 아직 초록색 차 몰고 다니시니? 여기 오셨어? 못 뵌 지 한참 됐는데."

제이크가 자동차 쪽을 살피다가 고개를 가로저었다.

"아냐, 잘 안 오셔."

잠시 침묵이 흐른 뒤 말이 다시 이어졌다.

"아무튼, 나는 우승이 목표였고, 그 목표를 이뤘어."

제이크는 벌떡 일어나서 약간 젠체하며 양손을 엉덩이에 얹었다. 배 속이 꼬이는 것처럼 또 아팠다. 순간 표정이 일그러졌으나 미소로 얼버무렸다.

"진짜? 1등? 축하해!"

사이먼이 소리치며 하이파이브를 하자는 듯 손을 높이 치켜들었다. 제이크도 손바닥을 마주치면서 말했다.

"드디어 스펜서 솔로몬의 코를 납작하게 만들었다."

"저기……."

"시간 문제였어. 조금만 기다리면 내가 이길 줄 알았어. 그 녀석 겉으로만 요란했다고."

"사실은……. 스펜서는 오늘 안 뛰었어."

"뭐?"

"아프대."

"아파?"

제이크의 복통도 더 심해지는 것 같았다. 다시 자리에 주저앉았다.

"그럴 리가! 겁이 나서 꾀병 부리는 것 아니야?"

"아니야. 꾀병이 아니라 수두야, 수두."

"말도 안 돼! 수두는 어린애들만 걸리잖아."

"어렸을 때 안 걸렸대. 동생한테 옮았나 봐."

"안 돼……."

제이크는 유치원 다닐 때 수두를 치렀다. 사이먼도 함께. 첫 이틀 정도는 괴로웠지만 그 고비를 넘기니 별로 가렵지도 않고, 일주일 내내 만화 영화를 보거나 게임을 하면서 놀 수 있어서 오히려 좋았다. 그때 둘이 같이 고무줄과 레고 블록으로 번지 점프대를 만들어서 인형들 번지 점프도 시켰다. 정말 재미있었는데.

점점 화가 치밀어 올랐다. 계획이 완전 틀어졌다.

"너는 스펜서에 대해서 어떻게 그렇게 잘 알아?"

"우리 동네 살잖아."

"걔 너희 동네 안 살거든. 내가 살던 동네라 잘 알거든."

"예전 너네 집으로 이사 왔어."

"뭐? 요한슨이란 가족이 이사 왔다고 했는데?"

"그 사람들은 1년 있다가 다시 나가고, 그때 스펜스가 이사 왔어."

"스펜스? 그렇게 부를 정도로 친한가 보지?"

"뭐, 그냥."

“서로 집에도 놀러 가니?”

사이먼이 제이크를 쳐다봤다.

“가끔 앞마당에서 고리 던지기 하자고 불러내기는 해. 나를 패티라고 부르면서.”

“패티? 햄버거 패티냐. 넌 너를 그렇게 부르게 내버려 둔단 말이야?”

“패터슨을 줄여서 패티라고 하는 거야. 너도 전에 나를 그렇게 불렀잖아, 기억 안 나?”

둘 다 입을 다물었다. 계획이 완전히 틀어지고 있다. 제이크의 마음이 복잡해졌다. 사이먼이 한숨을 쉬며 물었다.

“넌 대체 스펜스가 왜 그렇게 싫으니?”

‘경기만 하면 나를 묵사발로 만드는데, 겨우 이겼다 싶었더니 아예 경기에 참가를 안 했다고 하잖아!’라고 말할 수는 없었다.

제이크가 겨우 입을 뗐다.

“나 집에 갈래.”

사이먼이 몸을 일으켜 가방을 둘러메며 말했다.

“나도.”

빛이 바래고 여기저기 닳힌 스파이더맨 가방이었다.

제이크가 퉁명스럽게 내뱉었다.

“스파이더맨 가방 메고 다닐 나이는 지나지 않았니?”

“전혀. 스파이더맨은 고전이야. 난 스파이더맨이라면 그냥 좋아.”

제이크가 대답했다.

“난 달리기가 좋아.”

그러자 사이먼이 웃으며 말했다.

“아니야. 너는 이길 때만 좋아하는 것 같아.”

“이겨서 나쁠 거 없잖아. 이기려고 경기를 하는데.”

사이먼이 살짝 안타깝다는 듯한 말투로 대답했다.

“오늘 잘 뛰었다, 제이크. 나중에 보자.”

“그래.”

제이크는 자신의 이름이 1등에 올라 있는 전광판을 한 번 더 쳐다보았다. 3D 효과와 레이저 빔은 더 이상 보이지 않았다.

# 우승할 자격이 있는 걸까?

집에 도착한 제이크는 엄마에게 너무 피곤해서 저녁을 못 먹겠다고 말했다. 엄마는 이마를 짚어 보더니 머리를 쓰다듬으며 괜찮겠냐고 물었다. 제이크는 고개를 끄덕이고 방으로 올라갔다. 그리고 컴퓨터로 수두를 검색했다. 사이먼이 옳았다. 아주 어린애들만 걸리는 병은 아니었다. 오히려 나이를 좀 먹고 나서 걸리면 증상이 더 심하다고 한다. 스펜서가 불참하는 바람에 하나 마나 한 경기가 되어 버렸다. 스펜서는 항상 이런 식이다. 원래 제이크가 신었어야 할 신발도 제가 신고 있고, 제이크가 살던 집까지 빼앗았다. 친구들도 훔쳐갔다! 말도 안 되는 생각이라는 것을 알기는 했지만 상관없었다. 오늘도 1등을 했는데 아무 소용이 없게 되어 버렸다. 스펜서가 계속 뛰었어도 과연 1등을 할 수 있었을까? 정말 젖 먹던 힘까지 쥐어짜며 달렸는데, 다시는 오늘처럼 달릴 수 없을 것 같다는 생각까지 들었다. 설령 스펜서와 끝까지 함께 뛰다가 이겼더라도, 스펜서가 수두 때문에 상태가 안 좋아 제 실력을 발휘하지 못한 덕분에 1등을 거저먹었다는 생각은 떠나지 않았을 것이다. 대체 누가 열두 살씩이나 되어 가지고 수두에 걸리나? 게다가 시즌 중간에……. 우승은 했지만 이렇게 찜찜할 수가 없었다. 우승할 자격이 없는데 했다는 생각도 들었다. 다른 사람들이 자신만큼 경기를 진지하게 받아들이지 않는 것 같아 더 화가 났다. 수두, 뱀, 토끼, 스파이더맨, 다 싫다.

방을 둘러보았다. 줄무늬 커튼이 갑자기 맘에 안 든다. 스펜서 솔로몬의 방에는 제이크가 예전에 쓰던 하키 스틱 무늬 커튼이 아직 달려 있을지도 모른다. 너무 허기가 지는데 배가 아파서 도저히 뭘 삼킬 수 있을 것 같지 않았다. 게다가 아래층으로 내려가 봤자 먹으면 안 되는 음식밖에 없을 확률이 높다. 이제 스파게티, 땅콩버터는 쳐다보기도 싫었다. 이러고 있는 자기 자신도 거슬렸다. 문제가 있기는 있다. 이대로는 안 된다.

철자법 시험도 준비해야 하고, 따로 읽으려고 표시해 둔 잡지 기사도 있는데. 훈련 강도를 얼마나 높여야 할지도 연구해야 한다. 그런데 아무런 의욕도 생기지 않았다. 그냥 너무 피곤했다. 얼마를 그렇게 침대 위에 앉아 있었는지 모르겠다. 전화 받으라는 엄마의 목소리가 들렸다. 침대 옆 탁자에 놓인 시계를 보니 벌써 7시 반이었다. 어느새 방은 어두컴컴해져 있었는데, 알아채지도 못하고 우두커니 앉아 있었던 것이다.

# 다이아몬드 육상 클럽

"여보세요?"

"제이크니?"

"네."

"나는 데이브 드리스컬이다. 다이아몬드 육상 클럽의 코치를 맡고 있지."

제이크도 그 클럽에 대해 들어본 적이 있었다. 한데 데이브 드리스컬 코치가 왜 전화를 했을까?

"우리 클럽이 다음 주 토요일 딥 래피즈에서 열리는 대회에 초대를 받았어. 다섯 명까지 참가할 수 있는데 지금 네 명을 모았지. 네가 시 대회 출전 부문에서 1등을 했다는 얘기를 들었다. 혹시 같이 뛸 생각이 있니?”

“저를 스펜서 솔로몬으로 착각하신 거 아니에요?”

“누구?”

“1등 선수요.”

“너 제이크 자비스 맞지?”

“네.”

“내가 받은 명단에는 네 이름이 제일 위에 올라가 있구나. 아무튼 네가 별 생각이 없다면 다음 사람한테 연락을 해야겠다.”

“아뇨, 아뇨! 저 생각 많아요.”

“그럼 내일 오후에 훈련이 있는데 오겠니?”

“당연하죠.”

그는 시더 그로브 보호 구역으로 내일 오후 4시 반까지 오라고 했다.

제이크가 받아 적고 있는데 아빠와 형이 걸어 들어왔다.

형은 부엌 안을 뛰어다니며 싱크대, 식탁, 플라스틱 용기, 냉장고 안 피클 병까지 드럼을 치듯 마구 두드려댔다. 그러더니 소다수 캔을 꺼낸 뒤 냉장고 문을 팔꿈치로 힘껏 밀어 닫고는 실실 웃으며 빙글빙글 돌았다. 아빠는 문에 기댄 채 웃고 있었다.

"어디 갔다 오는 길이야?"

제이크가 물었다.

"공연장. 케이브 드웰러 공연 보러. 진짜 멋졌어."

"아…….."

# 첫 훈련

숀 마셜, 폴 빅스, 샘 지 그리고 토니 카펠리. 데이브 코치 선생님이 팀원을 소개할 때마다 제이크는 고개를 끄덕여 인사했다. 가장 힘든 상대가 누구일지 가늠해 봤다. 연한 갈색 곱슬머리를 어깨까지 늘어뜨린 숀은 키가 크고 말랐다. 창백한 피부만 아니면 파도타기 선수처럼 보였을 것이다.

'숀이 머리를 짧게 자르면 더 빨리 달리려나? 나는? 아예 빡빡 밀면 더 빨리 달릴 수 있을까?'

궁금해졌다. 고민해 봐야 할 문제다.

폴은 체구가 작았고 에너지가 넘쳐 보였다. 쉴 새 없이 움직이며 펄쩍펄쩍 뛰거나 어깨를 흔들어댔다. 샘은 조용하고 눈빛에 흔들림이 없었다. 짙은 색 머리에 키가 작고 다부진 토니는 가볍게 결승선까지 직행할 것처럼 보였다. 다들 은색 유니폼이 잘 어울렸다. 가슴팍에는 삼각형 네 개를 조합한 다이아몬드 모양 로고가 박혀 있다. 그중 두 개는 검은색, 나머지 두 개는 감청색이다. 바깥쪽 작은 삼각형 두 개는 운동화를 형상화했고 안쪽 큰 삼각형 두 개는 경주용 깃발을 닮았다. 다이아몬드라는 이름은 활자체로 한쪽 가장자리를 따라 새겨져 있었다. 멋지다. 운동화는 안 주나? 제이크는 신고 있던 낡은 운동화를 내려다보다가 슬며시 다른 선수들의 운동화로 시선을 옮겼다. 세 켤레는 비슷한 수준으로 너덜너덜했고, 한 켤레는 새것처럼 깨끗했다. 게다가 녹색이다. 스펜서와 똑같은 녹색 운동화다. 고개를 들어 주인을 확인하니 샘이었다. 그때 깨달았다. 샘이 경계 대상 1호다.

코치 선생님이 입을 열었다.

"자, 주목. 이제 서로 인사는 다 했지? 그럼 시작해 볼까?"

시더 그로브 보호 구역에는 강을 따라 좁고 길게 뻗은 숲과 목초지가 있었다. 소년들은 준비 운동을 한 뒤 달리기 시작했다. 먼저 강가로 내려가 길을 따라 달리다가 숲으로 들어섰다. 다리를 몇 개 건넜고 호박 밭이랑을 뛰기도 했다. 호박 밭은 대부분 수확이 끝난 뒤였지만 그중 한 구역은 큼지막한 누런 호박들로 가득했다.

'식은 죽 먹기네.'

제이크는 토니와 폴을 손쉽게 제치고, 숀도 앞지르고, 샘 바로 뒤에 붙었다. 샘을 앞지를까 하다가 이번에는 그냥 뒤에서 달리며 실력을 가늠해 보기로 했다. 선수들이 숲을 벗어나 탁 트인 들판으로 나오자 코치 선생님이 손을 흔들며 불러 세웠다.

'벌써 끝인가? 너무 싱겁잖아!'

코치 선생님은 한자리에 모인 선수들을 잔디밭에 둥글게 둘러앉게 했다.

'유치원생도 아니고, 뭐하는 거야⋯⋯.'

이어서 시합은 단순히 정해진 거리를 달리는 데 목적이 있는 게 아니라는 설명이 이어졌다. 누구나 오래 달려서 지구력을 기를 수는 있지만 선수는 그 차원을 넘어서는 깊이가 필요하다고 했다. 결정적인 순간, 즉 경쟁자를 앞지르거나 막판 역주를 할 때 끌어올릴 에너지를 비축해 두어야 한다는 것이다.

'맞아, 이기려면……'

코치 선생님의 설명이 마음에 들었다. 코치 선생님은 서로 간격을 넓혀 한 줄로 서라고 한 뒤 평소처럼 달려 보라고 했다. 그러다 호루라기 소리가 들리면 단거리 선수처럼 전력질주를 하고 다시 호루라기 소리가 들리면 정상 속도로 돌아오기를 반복했다. 이런 식으로 들판을 가로질러 숲으로 들어갔다가 빙 돌아서 다시 들판으로 나오면 같은 과정을 처음부터 다시 시작했다. 제이크는 몇 바퀴나 돌았는지 세다가 포기했다. 마침내 코치 선생님이 호루라기를 입에서 떼고 출발 지점이었던 주차장까지 천천히 달려가라고 지시했다. 고된 훈련이었다. 하는 내내 고통스러웠지만 제이크는 무척 만족스러웠다. 코치 선생님은 일일이 선수들의 어깨를 토닥거리며

훈련을 마무리했다. 제이크는 드디어 제대로 된 코치 선생님
을 만났다고 생각했다.

"오늘 아주 잘했어, 제이크."

"고맙습니다. 내일도 훈련하나요?"

"아니야. 훈련은 월, 수, 금요일이야. 내일은 쉬고 금요일
에 보자."

'뭐? 쉰다고? 안 돼!'

제이크가 원하는 방법이 아니었다. 이겨 내야 하는데! 뭐
든 이겨 내야 한다. 그래도 오늘 훈련을 마치고 나니 희망이
보였다.

목요일 아침 제이크는 평소처럼 달렸다. 전날 전력 질주를
한 탓에 발목 근육이 뻐근했지만 무작정 참았다. 그새 날씨
는 더 추워져서 달리는 내내 입에서 김이 구름처럼 나왔다.
학교를 다녀와서 오후 훈련을 하러 나가려는데 엄마가 불러
세웠다.

"제이크, 진눈깨비가 내린다."

"알아요. 봤어요."

"집에 있지 그러니?"

"왜요?"

"진눈깨비가 오잖아."

"엄마, 진눈깨비 때문에 연습을 미룰 수는 없어요. 이겨 내야 해요. 경기 도중에 진눈깨비가 내리면 어떡하라고? 그만둘 수 없잖아요."

엄마는 팔짱을 끼고 미소를 지었다.

"아들, 당장 오늘 경기를 치르지는 않잖아. 엄마도 너와의 실랑이를 이겨 내야겠다. 폐렴이라도 걸리면 어쩌려고 그래. 오늘은 못 나가."

제이크는 한숨을 쉬었다.

"엄마들은 걸핏하면 폐렴이래."

엄마는 웃으면서 제이크의 머리를 헝클어뜨렸다. 그 순간 제이크는 머리를 밀어 버리겠다는 생각을 접었다. 엄마가 헝클어뜨릴 머리는 남겨 놔야 하니까. 밖에 나가서 뛰는 대신 지하실에서 근력 운동이나 하기로 했다. 놀랍게도 형 루크가 거기 있었다. 기타, 앰프, 전선을 온 사방에 너저분하게 펼쳐 놓은 채로.

"여기서 뭐해?"

"엄마가 시끄럽다고 방에서 연주하지 말래."

"나 여기서 운동해야 해!"

루크가 실실 웃으며 대꾸했다.

"리듬에 맞춰서 해!"

제이크는 아령을 꺼내 들었다.

"아빠는 형 팬이잖아. 아빠한테 차고에 연습실 만들어 달라고 해."

"의견은 고맙다. 하지만 기대하지는 마."

"아빠는 형 연주 좋아하잖아."

루크가 가슴에 손을 얹으며 너스레를 떨었다.

"아빠는 날 좋아하지. 하지만 내 음악은 안 좋아해. 아빠가 작업실에 뭘 틀어 놓는지 알잖아. 추억의 음악, 컨트리 뮤직, 그리고 하키 게임 중계방송."

둘은 웃었다.

"그래도 아빠는 공연에 꼭 같이 가 주잖아. 형 음악이 싫으면 그럴 수 있겠어?"

"내가 죽어도 가야겠다고 하니까. 아빠가 전기톱 켤 때 쓰려고 선반에 올려 둔 귀마개 알지? 그걸 공연장에 꼭 가지고 간다니까."

루크가 기타 전원을 연결했다.

제이크가 물었다.

"형은 대체 왜 매일같이 연습을 하는데?"

"연습 아니야. 노는 거야."

# 생각하지 못했던 부상

금요일에 팀원들이 시더 그로브에 다시 모였다. 제이크가 준비를 마치고 지난번처럼 숲을 향해 달려 나가려는데 다른 선수들은 주차장에 둥글게 모여선 채 떠날 생각을 하지 않았다. 코치 선생님이 펜스에 기대어 선수들에게 뭔가 이야기를 시작했다. 제이크도 다시 주차장으로 돌아왔다. 작전 회의는 한마디도 놓치고 싶지 않았다. 나름대로 샘을 상대할 작전을 개발하는 중이었다. 그림자처럼 샘의 뒤에 바짝 붙어 달리다가 결승선 직전에 제쳐 버린다는 작전.

그런데 작전 회의가 아니었다. 달리기에 관한 얘기도 아니었다. 토니가 주말에 있을 네 살배기 쌍둥이 여동생의 생일 파티에 대해 수다를 떨고 있었다.

"항상 끽끽 소리를 질러대서 정신이 없어. 엄마가 옆에 딱 붙어서 도우라고 하는데, 만약 내가 다음 주 훈련에 못 오면 죽은 줄 알아."

모두 웃음을 터뜨렸다.

폴은 주말 저녁에 무대에 선다고 했다. 요새 트롬본을 배우고 있단다. 숀은 새로 나온 비디오 게임을 사고 싶다고 했다.

코치 선생님이 물었다.

"샘, 너는? 요즘 어떠니?"

샘은 어깨를 살짝 으쓱해 보이더니 미소를 지었다. 폴이 끼어들어 샘이 학교에서 열린 수학 경시대회에 나갔다고 말했다. 그러자 코치 선생님이 다시 물었다.

"그래서 어떻게 됐니?"

샘은 웃으며 윗도리 지퍼를 내려 목에 건 금메달을 내보였다. 제이크는 이미 눈치채고 있었다. 샘은 승부욕이 강하다.

선수들이 환성을 지르며 차례로 샘과 손바닥을 부딪칠 때,
숀이 농담을 던졌다.

"샘한테는 수학이 기분 전환이야."

그러더니 제이크를 바라보며 물었다.

"너는 기분 전환을 어떻게 하니, 제이크?"

제이크가 머뭇대며 답했다.

"응? 아, 난……. 나는 달려."

"놀지는 않고?"

"별로."

"덧셈 뺄셈이라도 하지?"

샘이 거들자 왁자하게 웃음이 터졌다.

토니가 물었다.

"여동생 없어?"

바로 이어 폴도 한마디 했다.

"악기 교습도 안 해?"

"안 해. 그런데 우리 형은 하루 종일 기타만 쳐."

"무슨 노래?"

“시끄러운 노래.”

아이들이 웃었다. 그때 코치 선생님이 끼어들었다.

“자! 음악은 이제 됐고, 운동을 좀 해 볼까? 가자.”

주차장을 나서면서도 제이크는 웃음을 멈출 수가 없었다. 괜찮은 아이들이란 생각이 들었다. 그런데 숲을 지나며 준비 운동을 할 때 배 속이 뻣뻣해지는 느낌이 다시 찾아왔다.

‘왜 이러지?’

제이크는 이번에도 샘의 뒤에 바짝 붙어 달렸다. 때가 오면 충분히 앞지를 수 있겠다. 코치 선생님은 준비 운동이 끝나고 주차장에 모인 선수들에게 스파이크를 벗고 일반 러닝화를 신으라고 했다. 이번엔 뭐지?

제이크가 물었다.

“오늘은 전력 질주 안 해?”

“안 해. ‘빨리 달리는 수요일’에만 하는 훈련이야. 오늘은 ‘멀리 달리는 금요일’이야.”

손이 답했다.

멀리 달리는 금요일? 손발이 오그라드는 느낌이었다. 다시 유치원에 온 기분이 들었다.

"그런 이름은 코치 선생님이 붙였어?"

"아니, 우리가."

"월요일은 뭔데?"

"섞어 달리는 월요일. 그날은 선생님이 뭘 시킬지 몰라. 이 것저것 조금씩 섞어서 해."

멀리 달리는 금요일은 도시를 가로질러 장거리를 뛰는 날이었다. 아이들은 달리면서 마주 오는 사람들에게 일일이 손을 흔들어 인사했다. 늘 달리는 코스이다 보니 자주 마주치는 사람들인 듯했다. 개 네 마리를 데리고 산책하는 아주머니와 택배 아저씨도 있었다. 아이들은 벤 베이커리 앞을 지날 때 유리창을 살짝 두드렸다.

제이크가 물었다.

"왜 그러는 거야?"

폴이 숨을 몰아쉬며 설명했다.

"벤 베이커리는 우리 후원사야. 유니폼과 장비도 벤 아저씨가 사 주셨어."

제이크는 재빨리 입고 있는 유니폼의 가슴팍과 소매를 살폈다.

"그런데 왜 벤이란 이름이 유니폼에 없어?"

"이름 넣지 말라고 하셔서. 그냥 남모르게 도와주시겠대. 그래서 이렇게 달릴 때마다 고맙다는 인사를 하는 거야. 열심히 훈련하는 모습도 보여 드리고."

아이들은 느슨하게 무리를 지어 달렸다. 샘과 제이크가 앞장서서 달리고 숀과 토니, 폴이 바로 뒤를 따랐다. 제이크는 샘을 앞지를 준비가 돼 있었지만 길이 낯설어서 일단 참았다. 그리고 돌아오는 길에 주차장 입구를 100미터쯤 남긴 지점에서 앞으로 치고 나가기로 했다. 코치 선생님에게 실력을 보여 주고 싶었다. 그때 왼쪽 옆으로 자전거 한 대가 쌩 하고 지나갔고, 오른쪽에서 갑자기 털 뭉치 하나가 굴러왔다. 작은 강아지가 혀를 길게 빼고 제이크 앞으로 달려든 것이었다. 제이크는 강아지를 밟지 않으려고 껑충 뛰다 발을 헛디뎌 길 옆 잔디밭으로 뒹굴었다. 그 와중에도 낚아챈 목줄은 놓치지 않았다. 강아지 주인인 듯한 여자가 달려왔다.

여자가 외쳤다.

"미안하다, 미안해! 이 녀석, 이 못된 녀석 같으니! 자전거가 지나가니까 흥분해서 따라가려고 했나 봐. 자전거만 보면 정신을 못 차려서. 정말 미안해. 괜찮니?"

제이크가 목줄을 건네며 말했다.

"괜찮아요."

"정말 괜찮아?"

제이크는 고개를 끄덕였다. 여자는 시끄럽게 강아지를 야단치며 자리를 떠났다. 샘과 폴, 토니, 손이 달려 왔다.

폴이 머리를 절레절레 흔들며 소리쳤다.

"대박! 그 '미사일 개'잖아. 나도 전에 저 놈한테 당한 적이 있어. 이번엔 너를 공격했구나."

폴은 손을 내밀어 제이크를 일으켜 세우면서 물었다.

"괜찮아?"

"괜찮아."

하지만 일어서서 왼발을 딛는데 발목의 느낌이 썩 좋지 않았다.

“정말?”

“응. 그냥 좀 놀랐을 뿐이야.”

거기서부터 시더 그로브까지는 다 같이 걸었다.

아이들을 보자 코치 선생님이 외쳤다.

“우리 팀이 드디어 오는구나. 반갑다, 애들아.”

코치 선생님은 아이들의 어깨를 일일이 토닥거렸다.

“다들 괜찮니?”

모두의 시선이 제이크를 향했다. 제이크가 고개를 끄덕이자 다른 아이들도 따라서 고개를 끄덕였다.

“좋아. 가능하면 토요일에도 가볍게 뛰도록 해. 특히 토니는 생일 케이크에 아이스크림까지, 태워야 할 열량이 좀 생기겠다.”

코치 선생님이 토니를 향해 눈을 찡긋하자 토니도 키득거렸다.

“일요일은 쉬어. 휴식이 필요하니까. 월요일에 보자.”

제이크는 머리를 갸웃했다.

‘나는 가볍게 달리는 사람이 아니야. 휴식도 필요 없어. 내

방식대로 밀고 나가자.'

그리고 자전거가 있는 쪽으로 걸어갔다. 그때, 코치 선생님이 제이크를 불러 세웠다.

"제이크!"

"네?"

"절뚝거리는 것 같은데?"

"아니에요."

선생님은 한쪽 눈썹을 추켜올리며 제이크를 쳐다보았다.

"살짝 그럴 수도 있고요."

제이크가 '미사일 개' 사건을 설명했다.

"한번 보자."

제이크는 신발을 벗다가 자기도 모르게 '헉!' 하는 신음소리를 냈지만 헛기침으로 무마했다.

선생님이 발목을 꼼꼼히 눌러 보며 말했다.

"음……. 심하진 않은데……. 그래도 주말 동안 발목을 쓰지 말고 푹 쉬어. 월요일이면 괜찮아지겠다."

"예."

제이크는 대답했다. 하지만 쉴 생각은 없었다. 난관을 이겨 낼 수 있는지 시험해 볼 좋은 기회다.

# 내일을 위한 오늘의 휴식

월요일 훈련 때 코치 선생님은 아이들을 울타리 옆 피크닉 테이블에 둘러앉혔다. 제이크는 앉을 수 있다는 사실에 내심 기뻐하며 테이블 아래로 두 다리를 뻗었다. 오늘은 뭘 시킬지 궁금했다. 섞어 달리는 월요일이다. 뭘 하게 될지 모른다. 발목은 욱신거렸다. 붕대를 감을까 생각도 했지만, 그러면 통증이 있다고 자백하는 꼴이 된다. 스파이크를 단단히 조이면 괜찮을 듯했다. 참아 내기로 했다. 그런데 고통스러웠다.

코치 선생님은 테이블 끝에 서서 한쪽 발을 벤치에 올려놓고 아이들에게 주말이 어땠는지 묻기 시작했다. 토니는 쌍둥이 여동생의 생일 파티를 치르고 가까스로 살아남았다. 숀은 비디오 게임과 피자 파티를 즐겼다. 샘은 형이 다니는 고등학교의 과학 박람회에 갔다. 폴은 공연에서 영화 〈스타워즈〉의 주제곡을 무사히 연주한 뒤, 남은 시간에는 학교 숙제로 나무 오두막을 만들었다고 했다. 그러면서 나뭇가지를 주우러 숲에 갔다가 옻이 옮은 다리와 긁혀서 상처가 난 손가락을 내보였다. 선생님은 고개를 가로젓더니 웃으며 말했다.

"너 때문에 오늘은 살살 해야겠구나."

제이크는 안도의 한숨을 가늘게 내쉬었다. 다행이다.

코치 선생님이 물었다.

"넌 어땠니, 제이크? 주말 잘 보냈어?"

제이크가 웃으며 어깨를 으쓱하고는 대답했다.

"나쁘지 않았어요."

달리기했다는 말을 빼려니 달리 할 이야기도 없었다.

코치 선생님은 고개를 끄덕인 뒤 말을 이었다.

"좋아. 오늘은 '부딪치기'에 대해 알아보자."

그러자 숀이 손바닥으로 폴의 머리를 찰싹 때리는 시늉을 하며 말했다.

"부딪치기!"

토니도 어깨로 양 옆에 앉은 샘과 제이크를 차례로 툭 치며 "부딪치기!"라고 했다.

코치 선생님이 아이들을 보고 웃으며 말했다.

"그 부딪치기 말고 경기 중 벽에 부딪친 듯한 느낌을 말하는 거야. 달리다 보면 더 이상 못 달리겠다는 생각이 들 때가 온다. 머리가 다리에게 그만두라고 지시하는 거지. 또는 다리가 머리에게 '이제 됐어. 그만하자.'고 말하거나."

소년들은 고개를 끄덕였다. 그게 어떤 느낌인지 다들 알고 있었다.

코치 선생님의 설명이 이어졌다.

"몸 상태가 원인일 수 있어. 음식, 특히 경기 며칠 전, 또는 몇 시간 전에 뭘 먹었느냐에 따라 그럴 수 있다. 어떤 음료를 얼마나 마셨는지도 중요해. 다들 잘 알고 있겠지만, 그래도 적절한 때에 적절한 음식과 음료를 적당히 섭취하도록 스스로 신경을 써야 한다.”

제이크는 피클 국물 이야기를 할까 하다가 잠자코 있기로 했다.

“정신적인 데에 원인이 있을 수 있다. 손을 위해 비디오 게임을 예로 들어 보자. 게임 캐릭터는 특정한 공간에 갇혀 있는 것 같지만, 그 공간을 둘러싼 벽을 탐색하면 어딘가에서 문을 발견하게 되지. 달릴 때도 똑같은 상황이 벌어진다. 벽에 부딪쳤다고 느껴지면 그 작은 문을 찾아봐. 포기하지 말고. 그러다 보면 눈에 띌 거야. 무슨 말인지 알겠니?”

다들 고개를 끄덕였다.

“네.”

“좋아.”

모두 자리에서 일어나 몸을 풀었다.

코치 선생님이 폴의 어깨를 두드리며 말했다.

“오늘은 가벼운 달리기로 시작하자. 길을 따라 두 바퀴.”

제이크는 신발 끈을 다시 단단히 묶었다.

“제이크.”

“네?”

“오늘은 무리하지 마라. 내일 다른 경기가 있는 것 안다.”

제이크가 고개를 끄덕였다.

“준비 잘 되고 있니?”

“아주 좋아요.”

“발목은 괜찮아?”

“그럼요. 조금 부드러워졌어요.”

코치 선생님의 눈썹이 약간 올라갔다.

“어디 보자.”

제이크가 신발끈을 다시 풀었다. 그러자 코치 선생님은 발목을 유심히 보며 말했다.

“아직도 꽤 부어 있네. 주말에 쉬면 괜찮아질 줄 알았는데. 음……. 생각했던 것보다 심하게 다친 모양이구나. 오늘은 집에 가거라.”

제이크가 코치 선생님을 올려다보았다.

“괜찮아요. 달릴 수 있어요. 정말이에요.”

“아니야, 집에 가. 내일 잘하고 싶지, 그렇지 않아?”

“네. 하지만 그래도…….”

“그럼 집에 가거라. 얼음찜질을 계속하면서 영화를 보든가, 달리기 책을 읽든가 해. 발목은 절대 쓰지 말고.”

“그래도…….”

코치 선생님은 제이크의 어깨에 손을 얹었다.

“안 된다. 몸이 하는 말을 들어야 해. 집에 가서 쉬어. 걱정 마라. 하루 쉬어도 경기에는 아무 지장 없어.”

“그럴까요?”

“그럼. 다친 발목을 지금 쓰면 정말 문제가 생긴다.”

그러나 저녁 7시 반이 되자 제이크는 몸이 근질근질해졌다. 딱 한 바퀴만 돌고 오지, 뭐. 운동복으로 갈아입고 신발 끈을 묶는데 전화벨이 울렸다.

“여보세요?”

“제이크니?”

“네.”

“나 데이브 코치다.”

“안녕하세요?”

“잘 쉬고 있나 궁금해서 전화했어.”

“그럼요. 영화 보는 중이었어요. 〈불의 전차〉요.”

“그래.”

어떻게 알고 전화했지?

그때 엄마가 들어왔다.

“〈불의 전차〉? 지금 본다고? 나랑 같이 보자.”

20분쯤 영화를 보고 있는데 이번에는 아빠가 들어왔다. 곧이어 루크가 등장했다. 영화가 반쯤 남았을 때, 제이크네 가족은 일시 정지를 누르고 팝콘을 만들었다. 정말 오랜만에 온 가족이 함께 영화를 보고 있었다.

영화가 끝나자 엄마가 말했다.

“볼 때마다 감동적이야. 음악도 좋고.”

엄마는 일어서서 팝콘 그릇과 컵을 쟁반에 담았다.

아빠는 안락의자에 파묻혀 코를 골고 있었다. 루크도 소파에 대자로 누워 잠이 들었다. 엄마가 아빠와 루크에게 쿠션을 던지면서 말했다.

“이제 일어나!”

그러고는 제이크를 보며 말을 이었다.

"제이크, 오늘 브래들리 선생님한테 이메일을 받았어. 요 몇 주 네가 수업 중에 자주 졸았다고 하시는구나. 밤에 제대로 수면을 취하는지, 잠이 안 올 만큼 심각한 고민이 있는지 걱정된다고 하시네."

제이크가 얼른 대답했다.

"내가 얼마나 잘 자는데요. 충분한 수면이 나한텐 굉장히 중요해요."

"그렇겠지."

아빠가 일어나서 기지개를 켜며 말했다.

"그건 내가 보장할 수 있어. 지난번엔 하키 경기 2쿼터가 끝나기도 전에 잘 시간이 됐다면서 냅다 침대로 들어가더니 바로 뻗더라고!"

엄마가 걱정스럽게 말을 이었다.

"새벽 훈련을 시작해서 그런가 보다. 훈련이 너무 과했을 수도 있어. 학교 공부에 지장을 주면……."

"엄마, 난 수학 시간에만 졸아요. 샘은 수학 박사지만 난 아니거든요."

"샘이 누구니?"

"내 친……."

제이크가 머뭇거리다 다시 말했다.

"육상 클럽에서 알게 된 애예요. 아무튼, 문법 시간에도 한 번 졸았을 수 있어요. 하지만 일부러 졸지는 않았어요. 명사, 대명사만 계속 나오는데 어떻게 안 졸아요……."

루크가 비몽사몽간에 거들었다.

"당연하지. 수학은 수면을 불러."

제이크가 대꾸했다.

"콤마(쉼표)를 보면 코마(혼수상태)에 빠지고."

루크도 고개를 끄덕였다.

"나도 우리 반에서 '쿨'한 애로 통해. 늘 쿨쿨 잔다고."

모두 웃음을 터뜨렸다.

# "그럼, 뛰지 마."

화요일에 마지막 여섯 번째 경기가 열렸다. 제이크는 출발선을 유심히 살폈다. 초록색 러닝화는 안 보인다. 스펜서가 오지 않았다. 언뜻 눈앞을 스친 빨간 러닝화로 미루어 사이먼이 어딘가에 있는 것 같다. 일부러 가서 얘기를 나눌 생각은 없다. 지금은 집중력을 가다듬어야 한다. 사이먼에게는 나중에 인사하면 된다.

준비는 완벽히 마쳤다. 간식도 먹고, 수분도 섭취했다. 몸도 충분히 풀었다. 어젯밤 훈련을 건너뛰었더니 확실히 발목

상태도 더 좋아졌다. 완벽하다. 달리기만 하면 된다. 몇 번 심호흡을 하고 출발선에 섰다. 순간 어깨가 무겁게 짓눌리는 느낌이 들었다.

'힘을 풀자. 떨쳐 내자.'

그런데 잘 되지 않았다. 총성이 울리자마자 앞으로 튀어 나갔다. 그리고 선두로 나섰다. 낮게 늘어진 나뭇가지를 요리조리 피해 전진했다. 두통, 복통, 폐가 타들어 가는 듯한 느낌은 무시했다. 코스를 따라 늘어선 사람들이 내지르는 함성도 무시했다. 바깥세상을 완전히 차단하고 오로지 뛰기만 했다. 양 발을 차례로 내딛는 것 외에는 아무것도 생각하지 않았다. 숲을 지나고. 냇가를 지나고. 왼발, 오른발. 어느새 다리 앞 자갈밭에 도착했다. 언덕을 올라, 결승선을 통과했다. 혼자였다. 1등을 했지만 스펜서가 없었다. 여전히 2등이나 다름없다.

기록이 전광판에 뜨기를 기다렸다. 사이먼을 찾으러 가지도 않았다. 기분이 영 엉망이다. 가져온 운동복으로 갈아입고 자전거 자물쇠를 푸는데 누군가가 불렀다.

“제이크!”

돌아보니 코치 선생님이다.

“잘 뛰었다!”

제이크가 일어서서 악수를 했다.

“고맙습니다. 팀원 물색하러 오셨어요?”

코치 선생님이 웃으며 어깨를 툭 쳤다.

“아니. 이번엔 너 보러 왔다.”

“저를요? 저한테 뭐 할 말 있으세요? 내일 훈련에 어차피 가는데.”

코치 선생님이 고개를 저었다.

“아니. 네 시합 보러 왔어. 아이들도 다 왔다.”

그러면서 숲 쪽을 가리키는데 아무도 보이지 않았다. 코치 선생님이 다시 제이크를 보며 말했다.

“괜찮니?”

“네. 그냥 피곤해요.”

“발목이 좀 나아졌나 보구나.”

“네. 아무렇지도 않아요.”

"잘 됐다."

"네."

"제이크."

"네?"

"방금 우승한 선수처럼 보이지는 않는구나."

제이크가 어깨를 으쓱했다.

"웃지도 않고."

다시 어깨만 으쓱할 뿐이었다. 코치 선생님은 제이크의 입이 열리기만을 기다렸다.

"저보다 잘 뛰는 애가 있어요. 스펜서 솔로몬이라고……. 그런데 오늘 안 왔어요. 걔가 왔으면 아마 저는 1등 못했을 거예요."

코치 선생님이 제이크를 가만히 쳐다보다가 물었다.

"제이크, 넌 달리기가 좋으니?"

"네, 정말 좋아요."

"그래?"

"전에는 그랬어요. 그러다가……."

"그러다가?"

"아무것도 아니에요."

"그러다가 어떻게 됐는데?"

제이크가 어깨를 으쓱했다. 그러자 코치 선생님은 또 제이크가 말하기를 기다렸다.

"그냥 속 시원히 털어놔. 그러면 길이 보일지도 몰라."

제이크는 코치 선생님을 올려다보며 심호흡을 했다.

"그러다가……. 우승하기 시작하면서 안 좋아졌어요."

"음."

침묵이 흘렀다.

"왜 그렇게 됐지?"

"모르겠어요. 그냥 재미가 없어졌어요. 전에는 어디든 뛰어다녔는데……. 그게 제일 빨리 닿을 수 있는 방법이니까요. 그러다 새 학교로 전학 와서 크로스컨트리 팀에 들어가게 됐어요. 엄마도 잘됐다고 하시고. 처음에는 초콜릿 바 하나 먹고, 신발 챙겨 신고 가서 무작정 뛰었죠. 그러다가 우승을 하기 시작했어요. 달리기보다 이기는 데 온 신경을 쏟게 됐어요. 과연 이길 수 있을까. 어떻게 해야 이길 수 있을까. 훈련량도 계속 늘리고, 음식도 제한하고, 달리기 관련 기사만 찾아보고. 다른 일을 할 시간이 없어요."

"훈련은 충실히 하고 있구나. 그런데 그 목적이 올바른지는 생각해 봤니?"

"우승이 올바른 목적 아니에요?"

코치 선생님이 미소를 지었다.

"달릴 때 기분이 좋니?"

제이크가 무슨 말인지 모르겠다는 듯 쳐다봤다. 그러자 코치 선생님이 다시 설명했다.

"물론 훈련할 때는 힘들겠지. 그런데 코스를 따라 달릴 때 숨도 크게 쉬어 보고 주변도 살피고 그러면서 기분이 좋으냐는 말이다."

"아니요. 배가 꼬여 있는 것 같고 머리가 아파요."

"다 뛰고 나면?"

"약간……, 몸이 무거워요."

"음. 오늘 뛸 때 뭐 입었니?"

제이크는 더 혼란스러워졌다. 코치 선생님도 봤을 텐데.

"그냥 티셔츠랑 반바지요."

"오늘 좀 쌀쌀했는데. 긴 바지나 겨울용 윗도리는?"

"안 입어요."

"왜?"

대답할 수가 없었다. 그걸 다 걸치면 몸이 무거워 속도가 떨어진다. 코치 선생님도 답은 이미 알고 있다.

코치 선생님이 다시 물었다.

"해결책이 뭘까?"

"모르겠어요. 해결책이 없는 것 같아요."

"달리기가 더 이상 재미없고, 달리기 전이나 달리는 동안이나 다 달린 후에도 기분이 안 좋고. 심지어 이겨도 기분이 안 좋고?"

"네. 맞아요."

"그럼, 뛰지 마."

제이크가 화들짝 놀랐다.

"네? 뛰지 말라고요?"

“그래, 뛰지 마.”

“뛰지 말아요?”

“응.”

“중단하라고요?”

“응.”

“그럼 어떡해요?”

“이기기 위해 뛰지 말라고.”

혼란만 커진다.

“무슨 소린지 모르겠어요.”

“달리고 싶어서 달려야지. 달리는 게 좋아서 달리다 보면 우승은 저절로 찾아오게 돼 있어.”

그때 숀, 샘, 토니, 폴이 모습을 드러냈다. 아이들은 손에 스노콘(곱게 간 얼음에 시럽을 뿌린 얼음과자의 일종)을 들고 있었다.

코치 선생님이 웃으며 고개를 절레절레 흔들었다.

“너희들 미쳤구나? 오늘 날씨는 거의 남극 수준인데. 뜨거운 코코아나 마시지.”

토니가 외쳤다.

"스노콘은 겨울에 더 맛있어요. 너무 오래 걸려서 미안. 폴이 블루 라즈베리랑 레몬 라임 중에 뭘 고를지 모르겠다고 미적대는 바람에."

샘이 말했다.

"잘 뛰었어, 제이크."

모두 제이크의 등을 토닥거려 주었다.

"너희가 올 줄 몰랐는데."

숀이 폴의 레몬 라임 맛 스노콘을 한심하다는 듯 쳐다보며 말했다.

"자, 이건 제이크 네 거야. 블루 라즈베리 맛이 진리지."

"내 것까지 사올 필요 없었는데."

"무슨 소리야. 우리는 한 팀인데. 당연히 챙겨야지."

스노콘이 몸 만드는 데 과연 도움이 될지 불안하기는 했지만 아무튼 맛을 보았다. 맛있었다. 차갑고 달콤했다. 입 속에 남은 피클 국물의 여운을 싹 없애 주었다. 아이들과 나란히 서서 몸이 오들오들 떨리도록 차가운 스노콘을 먹고 있는데 눈에 익은 초록색 자동차가 주차장을 빠져나가고 있었다.

뭐, 초록색 자동차가 한두 대인가?

# 작전 변경

코치 선생님이 했던 말을 내내 곱씹어 봤다. 달리고 싶어서 달려야 한다. 우승은 저절로 찾아올 것이다. 지난 번 경기는 이겼는데. 왜 즐기지를 못했지? 사이먼이 했던 말도 뇌리를 떠나지 않았다.

'나는 스파이더맨이 그냥 좋아.'

나도 달리기가 그냥 좋다. 아니, 그냥 좋아한 적이 있었다. 그때로 돌아갈 방법을 찾아야 한다.

빨리 달리는 수요일에는 팀원들과 함께 모여 강도 높은 훈련을 받았다. 목요일에는 혼자 꽤 긴 거리를 두 차례나 뛰었다. 금요일, 코치 선생님이 밤에는 꼭 휴식을 취하라고 했다. 쉬는 데는 아직 익숙하지 않다. 마음이 불안하다. 그러나 딥 래피즈 대회가 내일로 다가왔으니 선수 중 누구도 부상을 당해서는 안 된다고 선생님은 신신당부를 했다. '미사일 개'를 만나기라도 하면 큰일이라면서. 맞는 말이다. 그래도 나가서 뛰고 싶었다. 그냥 재미 삼아서, 기록이나 거리, 내일 대회, 화요일에 있을 시 대회 결승전, 스펜서에 대한 걱정 따위는 접어 두고 살살 뛰다 오면 되지 않을까? 특히 스펜서에 대해서는 생각하지 않기로 했다.

운동복을 걸치고 아래층으로 내려가는데 반쯤 열린 문틈으로 형이 보였다. 제이크는 문을 두드리며 말했다.

"형, 나랑 달리기하러 나갈래?"

루크가 헤드폰을 벗고 되물었다.

"뭐라고?"

"나랑 달리기하러 나가지 않겠냐고."

"내가?"

“응.”

“달리기?”

“응.”

“너 정신 나갔니?”

제이크가 웃었다.

“알았어. 근데 기타랑 앰프 다시 방으로 옮겨 놓았네.”

“응.”

“왜 연주 안 해?”

“아빠가 이 헤드폰을 사 주셨어. 여기에 연결하면 소리가 밖으로 안 들려.”

“아빠가 사 줬다고?”

“뭐, 쓰기는 내가 쓰지만, 사실 너를 위해 샀다고 봐야지.”

“아…….”

제이크는 뒷문으로 나가서 러닝화를 신었다. 엄마가 부엌에서 홍차를 만들고 있었다.

“엄마, 아빠가 혹시 화요일마다 내 경기 보러 오셨어요?”

엄마는 영문을 모르겠다는 표정을 지으려 애썼다.

“화요일?”

“엄마.”

엄마가 찻주전자를 내려놓고 싱크대에 기댔다.

“그래. 아빠가 화요일마다 갔지.”

“근데 왜 나한테 아무 말도 안 했어요?”

“아빠가, 그 뭐냐, 너 집중력 흐트러지게 하면 안 된다고 했거든.”

“아…….”

차고 안 아빠의 목공 작업실 문이 반쯤 열려 있었다. 아빠는 휘파람을 불며 사포질을 하고 있었다.

“아빠.”

“응, 아들.”

“형이 헤드폰 보여 줬어요.”

“그래?”

“되게 성능이 좋은가 봐요.”

“그렇지.”

“아빠.”

"응."

"아니에요."

"달리기하러 나가니? 조심해라."

제이크가 고개를 끄덕였다.

"아빠, 같이 뛰면 어때요?"

아빠가 경계하는 눈빛으로 쳐다봤다. 그러자 제이크가 웃으며 말했다.

"아니에요, 괜찮아요."

날씨가 꽤 추웠지만 안에서부터 뭔가 따뜻한 느낌이 퍼졌다. 제이크는 윗도리 지퍼를 끝까지 채우고 모자를 단단히 눌러쓴 뒤 가볍게 뛰기 시작했다. 뛰면서 주변도 살폈다.

'나뭇잎은 거의 다 떨어졌구나.'

여기저기 쌓여 있는 나뭇잎 더미에서 특유의 냄새가 풍겨왔다. 길가에서 아이들이 하키를 하며 깔깔대고 웃고 있었다. 가로등이 길을 환히 비추고, 집 창문마다 불빛이 노랗게 비친다.

15분쯤 뛰고 나서 집으로 돌아가기로 했다. 가는 길에 길모퉁이에서 새로 단장한 레스토랑 '슬-아이스'를 발견했다. '신장개업'이라고 쓴 현수막이 정면에 걸려 있었다. 제이크는 잠시 멈춰 서서 안을 들여다보았다. 번쩍이는 은색 카운터 한쪽에서는 피자가 나오고 반대쪽에서는 아이스크림이 나온다. 테이블에는 붉은색 격자무늬 식탁보가 깔려 있다. 식구들한테 와 보자고 해야겠다. 벌써 사람이 꽤 많다. 식사를 거의 끝내 가는 가족이 보인다. 엄마, 아빠, 딸, 아들. 아빠가 뭐라고 말을 하니 모두 크게 웃으면서 일어나 외투를 입는다.

'그래, 나도 엄마 아빠한테 와 보자고 해야지. 한 번쯤은 식이요법을 어겨도 괜찮겠지.'

오랜만에 식구들하고 외식을 하면 무척 즐거울 것 같았다. 그 순간, 아까 그 가족이 문밖으로 나왔다. 아까까지 안에서 퍼지던 따뜻한 느낌이 순식간에 사라졌다. 스펜서 솔로몬네 가족이었다.

'스펜서 솔로몬, 살아 있었구나. 다음 주 화요일 최종 경기에서 보겠군.'

대비를 해야겠다. 제이크는 집으로 가려던 계획을 수정해

서 속도를 높여 뛰기 시작했다. 몇 킬로미터는 더 채워야 한
다. 허투루 보낼 시간이 없다.

# 결전의 그날

토요일, 날씨는 추웠지만 맑았다. 시더 그로브에 팀원들이 집합하자 코치 선생님은 벤 베이커리로부터 후원받은 트랙 슈트(아래위 세트로 된 운동복의 일종으로 추운 날씨에 육상복 위에 덧입는다.)를 나누어 주었다. 멋지다. 아래위 검은색이고, 윗도리 등에는 푸른색과 은색의 다이아몬드 클럽 로고가 박혀 있다. 오늘 같은 날 입기 딱 좋다. 경기는 오후 1시 시작이다. 출발 지점까지는 차를 타고 한 시간 정도 이동하면 된다. 일행은 코치 선생님이 몰고 온 승합차에 올라 10시 정각에 출발했다. 날씨, 학교, 영화 이야기가 이어졌다. 앞자리에 앉은 손은 비디오 게임 얘기를 멈추지 않는다. 폴과 토니는 '골라 게임'이 한창이다.

"펭귄과 기린 중 하나로 다시 태어나야 한다면 뭘 고를래?"

"북극과 적도 중 하나를 골라서 살아야 한다면 뭘 고를래?"

"모래 폭풍에 휩쓸리거나 늪에 빠져야 한다면 뭘 고를래?"

"초콜릿 소스를 바른 치즈 버거와 피클 국물에 적신 팬케이크 중 하나를 먹어야 한다면 뭘 고를래?"

토니가 말했다.

"어디서 피클 냄새 나지 않니? 나 배고파."

"너는 하루 종일 배고프잖아."

폴이 웃으며 말했다. 그러고는 다음 질문을 던졌다.

"수학 문제를 1,000문제 풀래, 아니면 사자 우리에 들어갈래?"

토니가 샘의 팔을 툭툭 치며 대답했다.

“사자 우리.”

“상어와 멧돼지 중 하나의 공격을 받아야 한다면 뭘 고를
래?”

대체 왜 저런 놀이를 하고 있나? 제이크는 곧 있을 경기를
위해 마음을 가다듬는 중이었다. 그런데 팀원들은 끝없이 수
다를 떤다. 잠시도 쉬지 않는다. 샘만 조용하다. 알고 보니
샘은 스도쿠를 하는 중이었다.

제이크가 코치 선생님을 불렀다.

“저……..”

“왜?”

“경기 시작 전에 더 필요한 준비는 없나요?”

“없어. 그냥 느긋하게 앉아 있으면 돼.”

“제일 경계해야 할 상대는 누구예요?”

백미러 속에서 코치 선생님의 눈이 반짝 빛났다.

“이번 대회 규모가 굉장히 크긴 하지만, 넌 거기에 신경 쓰
지 마라. 그냥 최선을 다하면 돼. 거기 출전하는 선수들은 적
이 아니야. 동료야.”

딥 래피즈 공원은 사람들로 북적거렸다. 대회 관계자들, 모니터 요원들이 바쁘게 움직이고 있고, 코치들은 안내문을 읽거나 서로 인사를 주고받았다. 선수들은 삼삼오오 모여 걷거나 몸을 풀고 있었다. 아이들을 응원하러 온 부모들은 한쪽에서 커피로 몸을 덥히고 있었다. 코스를 표시하느라 붙여 놓은 노란 경고 테이프가 바람에 펄럭였다.

다이아몬드 팀원들은 코치 선생님과 함께 등록을 하고 번호표를 받았다. 코치 선생님은 큰 나무 밑에 작은 텐트를 치고 아이들의 장비를 안에 넣었다. 그리고 다 함께 가벼운 간식을 먹은 뒤 코스를 돌아보기 시작했다.

코치 선생님은 거듭 강조했다.

"명심해라. 길을 잃으면 안 돼."

손이 농담조로 말했다.

"앞사람 뒤통수만 보고 가면 되죠?"

그러자 코치 선생님이 웃으며 대꾸했다.

"그러다 걔가 길을 잃으면?"

제이크는 긴장을 풀지 않고 코스를 꼼꼼히 살폈다. 시작하자마자 선두로 나서야 했다.

출발선은 너른 들판을 가로질러 표시되어 있었다. 일단 들판을 지나면 오리 수천 마리가 둥둥 떠 있는 커다란 연못을 빙 에두르는 좁은 길로 들어서게 된다. 들판을 가능한 한 빨리 가로질러서 병목 현상이 생기기 전에 그 좁은 길로 들어서는 것이 관건이었다. 연못 길은 숲으로 이어졌다. 숲길은 더 좁아서 추월이 불가능할 것이었다. 숲이 끝나고 너른 호숫가로 다시 나오면 공간은 넉넉했지만 모래에 발이 빠지고 바람이 정면으로 불어 역시 뛰기가 힘들었다. 여기서 작은 언덕을 몇 개 넘어 다시 아까 그 숲길로 들어선 뒤 들판을 한 번 더 가로질러 테이프 쳐 놓은 지점을 지나 결승선으로 돌아오는 코스다. 코치 선생님이 다시 강조했다.

"잊지 마라. 테이프 쳐 놓은 곳에서 끝이 아니야. 결승선에 도달할 때까지 힘을 계속 끌어 올려."

모두 간단한 뜀뛰기와 들판 가로지르기로 몸을 풀었다.

"물 좀 마시고 여기 둥글게 모여라."

어느새 12시 45분이었다.

다이아몬드 팀은 원을 그리고 서서 서로 어깨동무를 했다. 코치 선생님이 웃으며 말했다.

"드디어 시작이다. 그동안 열심히 준비했으니까 잘할 수 있어."

그리고 발을 가리켰다.

"이 준비도 끝났고."

이번에는 관자놀이를 눌렀다.

"이 준비도 끝났어."

이어 오른손을 왼쪽 가슴 위에 얹고 덧붙였다.

"할 수 있어. 전력을 다해 뛰고, 생각을 하면서 뛰어라. 팀워크가 중요해. 너희는 최고의 팀이야. 최선을 다해라! 나는 너희가 정말 자랑스럽다!"

제이크는 아직 결과도 모르는데 어떻게 자랑스러울 수 있는지 의아해졌다. 정말 자랑스러운 결과를 만들어 내야 한다. 코치 선생님에게 능력을 증명해 보여야 한다.

폴이 조금 민망한 구호를 외쳤다.

"다이아몬드의 매운맛을 보여 주자!"

모두 트랙 슈트를 벗어 텐트 안에 집어넣고 출발선을 향해 걸음을 옮겼다. 으스스한 날씨였다. 출발선에는 적어도 200명은 되어 보이는 선수들이 줄줄이 늘어서 있었다. 빨강, 파랑, 주황, 노랑, 초록, 보라, 흑, 백 등 알록달록한 유니폼의 향연에 다이아몬드 팀의 은색이 더해졌다. 코치 선생님은 이미 늘어선 선수들 뒤로 샘, 제이크, 폴, 숀, 토니를 나란히 세웠다. 폴은 제자리 뛰기를 계속했고, 숀은 심호흡을 반복했다. 토니는 손가락 관절을 꺾어 뚝뚝 소리를 내며 껌 뱉을 곳을 찾느라 부산을 떨었다. 보다 못한 코치 선생님이 주머니에 있던 영수증을 꺼내 껌을 받아 주었다. 샘은 그저 조용히 출발할 때만 기다리고 있었다. 제이크는 긴장감을 이기고 집중하려 애썼다. 정신력, 무엇이든 정신력으로 이겨내야 한다.

빨간 재킷을 입은 남자가 들판으로 걸어 들어왔다. 남자의 목소리가 메가폰을 통해 쩌렁쩌렁 울려 퍼졌다.

"선수 여러분, 환영합니다. 지금 출발 시각인 오후 1시가 되었습니다. 12세 소년 부문 경기를 시작하도록 하겠습니다. 코스는 익혀 놓으셨을 것으로 믿습니다. 혹시 익히지 않은 선수들은 뛰면서 익히세요."

남자는 자신의 농담에 혼자 웃었다. 남자의 말이 이어졌
다.

"행운을 빕니다. 그럼 선수들, 모두 자리에 서 주세요."

제이크는 깊게 숨을 들이마시고 샘 옆에 가서 섰다.

"준비."

집중. 집중. 출발이 좋아야 한다.

탕!

총성이 울리고 선수들이 우르르 달려 나갔다.

제이크는 날쌔게 들판을 가로지르는 샘 뒤에 바짝 붙었다.
둘을 포함해 스무 명 정도 되는 선수들이 선두 그룹을 형성
했다. 이들은 곧 연못을 에두르는 길로 들어섰다. 바로 옆에
서 헉헉거리는 소리가 들리기에 돌아보니 폴이 씩 웃으며 지
나쳐 가지 않는가? 곧바로 따라잡고 싶은 유혹을 겨우 억눌
렀다. 아직 초반인데 속도를 너무 높이면 안 된다. 후반을 위
해 힘을 비축해야 한다. 제이크는 리듬을 타는 데 집중하며,
다시 샘 뒤에 붙어서 속도를 일정하게 유지했다. 선수들이

지나가자 놀란 오리 떼가 하늘로 날아올랐다. 샘 앞에 가는 선수는 여섯 명, 아니 일곱 명인가? 연못, 숲, 호수, 언덕. 제이크가 입속으로 되뇌었다. 연못, 숲, 호수, 언덕.

연못을 거의 다 돌고 이제 숲으로 들어가려는 순간 샘이 오른쪽으로 방향을 틀어 누군가를 앞질렀다. 제이크도 따라 붙었다. 추월당한 선수는 폴이었다. 폴의 얼굴에 미소는 사라졌고, 옆구리가 결리는 듯 한 손으로 부여잡고 있었다.

어쩐지 너무 빨리 간다 했다.

샘이 소리쳤다.

"계속 가! 다이아몬드 팀, 매운맛을 보여주자!"

이제 여섯 명 남았다.

숲, 호수, 언덕, 다시 들판. 숲, 호수, 언덕, 다시 들판.

"잘 한다!"

익숙한 목소리에 화들짝 놀라 돌아보니 코치 선생님이었다.

"몇 사람만 앞지르면 돼!"

언제 여기까지 왔을까?

날숨, 들숨, 날숨, 들숨. 팔이 쑤시고 다리는 타는 것 같다.
집중. 집중. 코치 선생님이 말했던 대로 길이 살짝 넓어진다.
샘은 그 기회를 놓치지 않고 길이 다시 좁아지기 전에 한 명
을 더 제쳤다. 제이크는 감탄하면서 이번에도 그림자처럼 따
라 붙었다. 이제 다섯 명 남았다. 돌부리, 나무뿌리를 조심하
고, 나뭇가지를 조심하면서, 날숨, 들숨, 날숨, 들숨. 숲이 거
의 끝나 간다.

호숫가로 나오니 기온 차이가 몸으로 느껴졌다. 강풍이 매
섭게 불어닥쳐 유니폼에 꽂아 놓은 번호표가 마구 펄럭거린
다. 거친 모래가 발밑에서 튀어 오른다. 호수, 언덕, 들판, 호
수, 언덕, 들판. 종아리 근육이 몸을 아래로 잡아당기는 것 같
다. 어깨가 천근만근이다. 폐가 콕콕 찌르는 듯 아프다. 숨이
잘 안 쉬어진다. 매서운 바람에 눈도 똑바로 못 뜨겠고, 모래
가 튀어 올라 머리가 아프다. 그때 코치 선생님이 큰 바위 뒤
에서 나타나 외쳤다.

"잘 하고 있어! 바람이 상쾌하지? 그대로 계속 가. 할 수
있어."

후드 티에 달린 모자를 뒤집어쓰고 끈을 얼마나 바짝 조였
는지 선생님의 얼굴이 거의 찌그러져 있었다. 저절로 웃음이
터져 나왔다. 그러나 쩌렁쩌렁 힘차게 울려 퍼지는 목소리가
제이크의 사기를 다시 북돋았다.

제이크는 샘의 발밑에서 튀어 오르는 모래를 피하기 위해
살짝 오른쪽으로 움직였다. 저 앞에 숲길 입구 표시를 달아
놓은 철탑이 보였다. 이제 바람도 멈출 것이고, 단단한 흙을
밟으며 뛸 수 있게 될 것이다. 힘이 불끈 솟았다. 철탑을 지
나자마자 순간 속도를 높여 선수 둘을 제친 샘을 따라 제이
크도 앞으로 나섰다. 이제 셋 남았다.

그 순간 몰아치던 강풍이 갑자기 멈추는 바람에 균형을 잃
고 넘어질 뻔했다. 아까에 비하면 몸이 둥둥 떠다니는 것 같
다. 언덕을 오를 때는 짧은 보폭으로, 내리막에서는 더 긴 보
폭으로 내딛는다. 언덕, 들판, 결승선, 언덕, 들판, 결승선. 앞
으로, 앞으로. 왼발, 오른발, 왼발, 오른발. 날숨, 들숨. 제이
크는 샘만 보며 뛰었다. 그때 샘이 나무뿌리에 걸려 넘어질
뻔하다가 양손을 앞으로 뻗으며 겨우 균형을 잡았다. 제이크

는 가뿐히 나무뿌리를 뛰어넘어 샘과 나란히 섰다.

샘이 말했다.

"계속 앞으로 가, 제이크."

제이크가 샘을 쳐다봤다. 샘은 다시 리듬을 찾으려고 애쓰며 앞으로 가라고 손짓했다. 약간 통증이 있는 듯했다. 어떻게 하지? 멈춰서 도와줘야 하나? 샘이 괜찮은지 보고 가야겠다.

샘은 헐떡거리며 말했다.

"나는 괜찮아. 계속 가, 제이크. 멈추지 마."

제이크는 잠시 고민하다가 고개를 끄덕였다.

샘이 멀어지는 제이크를 향해 응원을 보냈다.

"다이아몬드 팀, 매운맛을 보여 주자!"

제이크는 노란 유니폼을 입은 키 작은 선수 뒤에 바짝 따라붙었다. 잠시 그렇게 나란히 달리다가 얼마 지나지 않아 제이크가 앞섰다. 이제 두 명 남았다. 하나, 둘, 하나, 둘. 날숨, 들숨, 날숨, 들숨. 집중. 집중. 바로 앞에서 달리는 흰 유니폼의 선수는 리듬은 잘 타고 있는 것 같은데 호흡이 너무

거칠다. 오른쪽을 돌아보니 나무 사이로 햇살이 비친다. 들판이 가까워 온다. 들판, 결승선, 들판, 결승선. 더 힘차게. 제이크는 엄지발가락에 힘을 주며 앞으로 박차고 나갔다. 이제 한 명만 제치면 된다.

대단한 선수인 것 같다. 선두를 지킬 만하다. 움직임이 물 흐르듯 부드럽다. 발 옮기는 속도도 자로 잰 듯 정확하고 호흡도 고르다. 검은 긴팔 셔츠 위에 빨간 유니폼 상의를 겹쳐 입었는데 등에 박힌 로고는 잘 보이지 않는다. 머리에는 검은 니트 모자를 썼다.

'속도를 조금만 높이자.'

이제 들판으로 들어섰다. 테이프가 둘러쳐진 지점에서 방향만 제대로 잡으면 된다. 코치 선생님이 다시 모습을 드러내고 외쳤다.

"제이크, 이제 전력을 다해. 때가 왔다. 힘을 전부 끌어 올려."

다리가 통나무 같고, 폐가 타들어 갔다. 앞서가는 선수 유니폼의 로고가 이제 눈에 들어온다. 불독이라고 써 있다. 불독. 글자가 보인다! 그 정도로 가까워졌다. 힘차게, 힘차게, 힘차게, 힘차게. 제이크가 내달리기 시작했다. 테이프가 양쪽에서 펄럭거렸다. 앞서가던 선수와 나란해졌다. 팔 네 개, 다리 네 개가 박자를 맞추어 움직인다. 뛴다. 뛴다. 그저 뛰고 싶어 뛴다. 뛰고 싶어 뛴다. 몸을 짓누르던 무게가 서서히 가벼워지는 느낌이 든다. 하늘을 올려다보며 찬 공기를 깊이 들이마셨다. 자신도 모르게 빙긋 웃음이 떠올랐다. 옆에서 뛰는 선수는 잊었다. 다리가 아프다는 생각, 폐가 타들어 가는 것 같다는 생각도 사라졌다. 어깨도 아프지 않다. 머릿속이 텅 비면서 몸과 마음이 자유롭다. 가볍다. 뛰자. 뛰자. 결승선을 지날 때까지 멈추지 말자. 계속 뛰자. 멈추지 말자. 제이크는 마지막 남은 힘 한 방울까지 짜냈다. 그리고 결승선을 나는 듯이 통과했다. 1등. 제이크 자비스.

# 2등이 된 1등

제이크는 가볍게 걸으며 호흡을 회복했다. 전혀 피로하지 않았다. 몸이 가볍고 기분은 상쾌했다. 본부 격으로 쳐 놓은 텐트로 와서 몸을 푼 뒤 윗도리와 물을 꺼냈다. 누군가가 부르기에 돌아보니 사이먼이었다.

"제이크, 멋지다!"

"사이먼, 여기서 뭐 해?"

"경기 보러 왔지."

"그런데……."

제이크는 얼굴을 붉히며 말을 잇지 못했다. 사이먼에게 오늘 경기가 있다고 얘기해 준 적이 없는데. 다이아몬드 육상 클럽에 합류했다고 말한 적도 없다.

"신문에서 봤어. 네 이름이 나왔더라. 엄마가 데려다 주셨어. 내가 경기를 구경할 동안 엄마는 딥 래피즈에서 쇼핑을 하다가 데리러 온다고 하셨어."

"이 먼 곳까지 구경하러 왔다고? 네가 뛰지도 않는데?"

사이먼이 잠시 제이크를 바라보다 웃음 지었다.

"우린 친구잖아. 아니야?"

그때 데이브와 샘, 숀이 다가왔다. 폴도 바로 뒤에 있었다. 숀의 왼 다리, 팔꿈치, 어깨, 뺨, 광대가 온통 긁혀 상처투성이였다.

"숀! 너 왜 그래?"

"보기보다 심각하진 않아. 아프기는 하지만."

"어쩌다 그렇게 됐어?"

"쭉 미끄러졌지."

샘이 물었다.

“나무뿌리?”

“아니.”

폴이 물었다.

“돌부리?”

“아니.”

제이크가 물었다.

“옆 사람 발?”

“아니.”

사이먼이 물었다.

“나뭇가지?”

“다 아니야. 연못가에서 오리 똥을 밟고 미끄러져서 물에 빠졌어.”

“우와!”

“대단하다!”

코치 선생님이 끼어들었다.

“그래도 중도에 포기하지 않았다. 이렇게 상처를 입고도 54등으로 들어왔어. 잘했다, 숀.”

팀원들이 모두 모여 숀의 등을 두드려 줬다.

숀이 외마디 비명을 질렀다.

“아파, 아파, 아파!”

“미안.”

숀이 폴, 샘, 제이크를 바라보며 물었다.

“너희는 어땠어?”

그러자 사이먼이 농담을 던졌다.

“뭐가? 오리 똥이 어땠냐고?”

제이크가 눈살을 찌푸렸다.

‘지금은 농담할 때가 아니야! 정식으로 소개도 안 했는데.’

그러나 다른 아이들은 신나게 웃어 젖혔다.

폴이 말했다.

“나는 29등.”

샘이 말했다.

“나는 5등.”

숀이 눈썹을 추켜올리며 말했다.

“진짜 잘했네.”

그러고는 제이크를 향해 돌아서서 물었다.

“너는?”

순간 말문이 막혔다. 농담으로라도 잘난 척할 상황이 아니다. 그때 사이먼이 끼어들었다.

“넘버원이야. 제이크가 1등으로 들어왔어.”

순간 침묵이 흘렀다가 일제히 환호성이 터졌다.

폴이 소리를 질렀다.

“말도 안 돼!”

샘이 고개를 연신 끄덕거리며 말했다.

“너무 잘했다.”

숀이 외쳤다.

“내 친구!”

폴이 덧붙였다.

“다이아몬드 클럽의 매운맛을 보여 줬구나.”

코치 선생님이 흐뭇하게 웃으며 물었다.

“막판에 정말 흥미진진했다, 제이크. 무슨 생각을 하며 뛰었니?”

“그냥 뛰었어요.”

“그래?”

“다다라야 할 곳이 있으니까요.”

“뛰면 가장 빨리 다다를 것 같았구나?”

“그랬나 봐요.”

“그래, 잘 도착한 것 같다.”

모두 기분이 좋아 실실 새어 나오는 웃음을 멈출 수가 없었다. 사이먼까지 모두가 서로 하이파이브를 계속했다.

코치 선생님이 말했다.

“잠깐 앉아 봐, 숀. 상처부터 좀 씻고 토니가 오기를 기다리자.”

코치 선생님은 결승선 쪽으로 다시 뛰어갔다. 폴은 기록표를 보러 갔다. 샘이 남은 사람들에게 순위 결정 방식을 설명해 주었다. 팀을 결성해 참가하는 대회이기 때문에 팀원 전원의 결과를 합산하여 순위를 정한다. 합산 점수가 낮을수록 순위가 높다. 폴이 손에 든 냅킨을 신나게 흔들며 돌아와 말했다.

"애들아, 우리가 3등 안에 들 수 있을 것 같아. 이것 봐, 점수를 적어 왔어. 노란 유니폼 입고 뛰었던 플레처 팀이 4등, 22등, 23등, 67등, 71등을 했어."

그러자 샘이 암산을 했다.

"187점이네."

숀이 감탄하며 말했다.

"거의 전자계산기 수준인데. 그럼 우리 점수는?"

"토니 빼고 89점이야."

그러자 폴이 물었다.

"잠깐만. 불독 팀은? 마지막 주자 빼고 2등, 10등, 17등, 62등으로 들어왔는데?"

샘이 작게 말했다.

"91점이네. 좀 더 기다려 봐야겠지만."

누군가가 물었다.

"이러면 어떻게 되는 거야?"

"막상막하지."

"토니다!"

모두 일어나 결승선 쪽으로 내달렸다.

숀이 절뚝절뚝 따라오면서 소리쳤다.

"기다려! 나도 같이 갈래!"

뒤처졌던 선수들이 삼삼오오 무리 지어 들어오고 있었다. 검은 유니폼을 입은 선수가 결승선을 통과하자 전광판에 75등이라고 떴다. 이어 흰색 유니폼. 보라색 유니폼이 연달아 들어왔다. 토니는 어디 있지? 저기 있다! 다섯 명이 한 덩어리를 이루어 몰려오고 있었다. 초록색 유니폼 둘, 붉은색 유니폼 하나, 은색 유니폼 하나, 푸른색 유니폼 하나였다.

다 같이 함성을 질렀다.

"달려, 토니! 달려!"

선수들은 팔다리를 부지런히 앞뒤로 놀리며 전진했다. 붉은색 유니폼이 선두, 초록색 유니폼이 뒤를 따랐다.

"토니, 힘내!"

토니가 얼굴이 시뻘겋게 달아오른 채 결승선을 통과했다. 전광판에 숫자 81이 떴다. 괜찮을까?

다이아몬드 팀원들이 토니를 둘러싸고 등을 토닥거렸다.

샘이 말했다.

"폴, 불독 마지막 주자가 몇 등으로 통과했는지 가서 좀 보고 와."

폴이 돌아올 때까지 모두 안절부절 못하며 기다렸다. 노란색 유니폼 팀은 모든 팀원이 4등, 22등, 23등, 67등, 71등으로 벌써 완주한 뒤였다. 은색 유니폼 팀도 1등, 5등, 29등, 54등, 81등으로 완주했다. 빨간색 유니폼 팀은 2등, 10등, 17등, 62등을 기록하고 마지막 주자를 기다리는 중이었다.

손이 물었다.

"우리가 1등, 5등을 차지했으니까 저쪽 팀 2등, 10등보다는 훨씬 높잖아, 맞지?"

샘이 대꾸했다.

"몰라, 몰라."

폴이 무리로 돌아오며 외쳤다.

"78등! 그 팀 마지막 선수 78등이래."

모두 샘을 쳐다봤다.

"2등, 10등, 17등, 62등, 78등. 애들아, 우리가 이겼어! 우리가!"

은색 유니폼을 입고 둥그렇게 둘러선 소년들 틈에서 함성
이 터져 나왔다. 샘이 환하게 웃고, 폴은 펄쩍펄쩍 뛰었다.
숀은 흥분해서 소리를 질러댔다. 토니가 제이크의 손목을 낚
아채더니 팔을 번쩍 들었다.

샘이 소리쳤다.

"이럴 수가! 이럴 수가! 3등 안에 들었어. 노란색 유니폼
팀은 187점, 우리가 170점, 붉은색 유니폼 팀은 169점이야.
우리가 2등이야!"

제이크가 그 자리에 얼어붙었다. 2등? 2등이라고? 진저리
가 나는 단어다. 이제 2등은 안녕인 줄 알았는데. 아니야. 아
닐 거야. 오늘은 내가 1등을 했다고.

제이크가 팔을 늘어뜨렸다. 그때 코치 선생님이 뛰어왔다.

"대단하다! 너희들 아니?"

폴이 외쳤다.

"알아요! 2등! 수학 박사가 암산으로 알려 줬어요."

코치 선생님이 웃음을 터뜨리며 샘에게 눈을 찡긋해 보였

다.

"그거야말로 대단한데."

그리고는 말을 이었다.

"수고했다, 얘들아! 수고했어. 몇 가지 일러둘 말이 있는데, 우선 정리 운동부터 해야지. 손, 너는 나랑 응급 의료 텐트로 가자. 나머지는 가볍게 뛰고 있어라. 우리 텐트 앞에서 20분 후에 보자."

제이크는 호수를 향해 뛰었다. 혼자 있고 싶었다. 온몸으로 바람을 맞으니 머리가 좀 맑아졌다. 1점 차이로 1등을 놓쳤다. 1점. 다른 팀원 중 누구라도 조금만 더 빨리 뛰었다면, 그래서 한 사람이라도 더 제쳤다면, 동점을 만들고도 남았을 텐데. 제이크는 1등이었으니 더 올라가려야 올라갈 데도 없었다. 그런데 다른 팀원들은 결과에 충분히 만족해하는 것 같다. 우승하고 싶지 않나? 코치 선생님이 경기 전에 최선을 다하라고 하지 않았던가? 최선을 다했는지는 모르지만, 어쨌든 부족했다. 그만큼 절실하지 않았는지도 모른다. '저절로 따라온다'던 승리는 대체 어디로 갔는가?

찬바람을 맞으며 서 있으려니 코치 선생님이 코스 곳곳에서 불쑥 등장해 전력을 다하라는 격려를 던지던 모습이 떠올랐다. 물론 팀원 전체에게 보내는 격려였을 것이다. 결승선을 향해 죽어라 달리던 샘, 초반에 너무 빨리 달리다 중간에 속도 조절에 들어갔던 폴, 부상을 당하고도 포기하지 않은 숀, 팀원 중 꼴찌라는 압박을 이겨 내고 완주한 토니. 그러다가 오늘 달리며 느꼈던 자유로움에 생각이 닿았다. 뭔가 깨달음이 왔다. 모두 진정으로 노력을 쏟아부었구나. 멋진 경기를 펼쳤구나. 최고는 아니었을지라도 최선을 다했구나. 그러면 됐다.

그때 사이먼이 등 뒤로 다가왔다.

"제이크?"

"응?"

"괜찮니?"

"그럼."

"아이들이 기다려."

"그래, 가자."

그러고 보니 사이먼도 늘 전력을 다했다. 항상. 제이크가 사이먼을 향해 돌아섰다.

"사이먼."

"왜?"

"오늘 여기까지 와 줘서 고맙다."

"괜찮아. 나 달리기 좋아하잖아."

사이먼의 말에 제이크가 웃으며 대답했다.

"나도."

텐트 앞에 도착할 무렵 상위 세 개 팀이 발표되기 시작했다. 코치 선생님이 다가왔다.

"제이크, 어서 가서 팀원들하고 같이 서라."

제이크는 말 없이 샘 옆에 가서 섰다. 이어서 빨간 재킷을 입은 남자가 건넨 은메달을 잠시 손에 꼭 쥐어 보았다. 그러고는 심호흡을 한 뒤 목에 걸었다. 뿌듯했다.

모두 텐트를 걷고 물병을 챙긴 뒤 승합차에 차례로 올랐다. 사이먼은 엄마와 함께 집으로 돌아갔다.

손이 앞 좌석에 있던 상자를 들어 보이며 말했다.

“얘들아, 이것 봐.”

곁에는 ‘벤 베이커리’라고 적혀 있고, 안에는 먹음직스러운 도넛이 가득 들어 있었다.

“맛있겠다!”

“벤 베이커리가 최고지.”

제이크는 도넛을 입에 넣어 본 지도 무척이나 오래 되었다. 도넛은 우승하기 위한 몸을 만드는 데 절대 피해야 할 음식 중 하나였던 것이다. 제이크는 손을 뻗어 초콜릿이 듬뿍 올라간 도넛을 집어 들고 한입 크게 베어 물었다. 환상적인 맛이었다.

숀이 말했다.

“이봐, 제이크. 사이먼이라는 애, 대박이더라. 내가 응급 의료 텐트에 가서 미라처럼 붕대를 둘둘 감고 나타나니까 뭐라고 했는지 알아? ‘하루를 꼼꼼히도 마무리했네’라고 하더라니까. 하하!”

폴도 맞장구쳤다.

“그래. 정말 재미있는 아이던데. 다음에도 데려와.”

제이크가 빙긋 웃었다. 아이들은 거의 쓰러지듯 좌석에 몸을 묻었다.

차가 고속도로로 막 들어설 때 샘이 도넛을 한가득 물고 말했다.

"코치 선생님, 할 말이 있다고 하지 않으셨어요?"

코치 선생님은 살짝 웃으며 백미러로 아이들을 쳐다봤다.

"맞다, 알려 줄 소식이 있어. 오늘 경기 우승팀은 주 대회에 출전할 수 있대."

토니가 아쉽다는 듯 말했다.

"그러면 불독 팀이 나가겠네요."

"경기는 오는 토요일이야."

폴이 중얼거렸다.

"걔들 훈련 열심히 해야겠네요."

코치 선생님은 아랑곳하지 않고 말을 이었다.

"여기서 북쪽으로 다섯 시간 정도 떨어진 곳에서 하게 된대. 주말 내내 가 있어야 할 거야."

차 안이 쥐 죽은 듯 조용해졌다. 제이크는 눈을 감았다. 그 경기에서 뛸 수 있으면 참 좋으련만……. 할 수 없지. 그렇게 실망감을 애써 감추며 눈을 뜨고 친구들을 바라보니 모두 표정이 똑같았다.

샘이 입을 열었다.

"재미있을 것 같네요."

손이 말을 받았다.

"그러게. 북쪽이요? 두툼한 옷이 많이 필요하겠네요."

코치 선생님은 헛기침을 한 번 하고 말했다.

"2등 팀까지 갈 수 있대."

순간 일동 모두 용수철처럼 튀어 올랐다.

"정말이요?"


코치 선생님이 아이들을 하나씩 집 앞에 내려 주었다. 주 대회에 관한 정보를 모으는 대로 알려 주겠다는 약속도 잊지 않았다. 제이크가 집 안으로 들어가니 엄마 아빠가 식탁에 앉아 커피를 마시고 있었다.

"어땠니, 제이크?"

제이크가 슬며시 웃으며 은메달을 내보였다.

엄마가 외쳤다.

“장하다, 우리 아들!”

아빠가 물었다.

“기분이 어때?”

제이크가 식탁에 앉으며 말했다.

“좋아. 잘 뛰었어.”

제이크는 한동안 메달을 쳐다보다가 고개를 들고 말을 이었다.

“다음 주에 또 경기가 있어요. 시 대회 최종 경기. 화요일인데, 와서 보셔도 돼요.”

아빠가 말했다.

“듣던 중 반가운 소리네. 꼭 가마.”

아빠가 엄마와 눈을 마주쳤다. 엄마가 고개를 끄덕였다.

“제이크, 요새 훈련을 너무 열심히 했잖니. 그래서 선물을 해 줄까 하는데. 새 신발이 필요하다고 하지 않았니?”

“진짜?”

제이크가 잠시 생각하다 말을 이었다.

"근데 지금 신발도 좋아요. 드디어 제대로 길이 든 것 같거든요. 그보다 오늘 저녁은 슬-아이스에서 피자 어때요?"

"그러자."

제이크가 슬며시 웃었다. 주 대회에 출전하게 됐다는 소식은 피자를 먹으러 가서 공개하기로 했다.

샤워를 하고 한 시간 정도 푹 잔 뒤 식구들과 함께 막 집을 나서려는데 코치 선생님한테 전화가 걸려 왔다.

"제이크, 월요일 훈련에는 안 와도 된다."

"네? 왜요?"

"화요일에 결승전이 있잖아. 거기에 집중해야지."

"그러면 주 대회는 어떻게 되나요?"

"그건 나중에 얘기하자. 나도 화요일쯤에야 자세한 내용을 알게 될 것 같다. 그때까지 가볍게 몸만 풀고 있어라. 미사일 개 공격 조심하고. 아, 오리 똥도 조심하고. 오늘 수고했다."

"고맙습니다."

화요일쯤에야 알게 될 자세한 내용이 뭘까? 출전 선수가 네 명으로 제한되어 있나? 그렇다면 내가 다섯 번째로 합류했으니까……. 뭔가 심상치 않았다. 일단 선생님에게 확답을 받을 때까지 식구들에게는 알리지 말자고 마음먹었다.

# 2등을 위하여

월요일 아침 제이크는 비를 맞으며 뛰고 나서 수업 시간 내내 쏟아지는 졸음과 사투를 벌이다가 저녁에는 근력 운동을 했다. 팀원들과 함께 훈련을 받지 않으니 기분이 좀 이상했다. 화요일 아침에는 가볍게 한 바퀴를 돌고 나서 방과 후에 육상복으로 갈아입은 뒤 운동복을 몇 겹 껴입었다. 트랙 슈트는 깜빡 잊고 안 입었다. 그렇지만 오늘은 다른 누구도 아닌 스스로를 위해 뛴다는 데 의미가 있다. 오늘은 그저 달리고 싶어서 달린다. 적어도 그렇게 되도록 노력할 것이다.

날씨가 꽤 추웠다. 제이크는 몸풀기를 충분히 하고, 출발선에 설 때까지 모자와 운동복을 벗지 않았다. 드디어 결전의 시간이다. 사이먼이 보였고, 스펜서도 보였다. 사람들 틈에 서 있던 아빠가 제이크와 눈이 마주치자 엄지손가락을 치켜들었다. 코치 선생님의 얼굴도 보였다.

'그래, 달리고 싶어서 달린다는 사실만 기억하자.'

제이크는 심호흡을 한 뒤 출발선에 섰다. 배가 뒤틀리는 느낌도 들지 않고 어깨도 가벼웠다. 얼굴에 작은 미소가 떠올랐다.

그리고 총성이 울림과 동시에 앞으로 튀어 나갔다. 스펜서와 맥스를 포함해서 몇몇이 선두 그룹을 형성했다. 서두르지 말자, 제이크가 되뇌었다.

'서두를 필요 없어. 다른 사람들하고 속도를 맞추면서. 장애물 조심하고.'

제이크는 찬 공기를 들이마시며 안정적으로 달려 나갔다. 숲을 지나고, 시내를 건넜다. 물가에 살얼음이 얼어 있었다. 하늘 높이 거위 떼가 시끄럽게 울며 지나갔다. 추위에 귀는

빨개지고 손끝이 시렸다. 그래도 기분은 좋았다. 힘이 샘솟았다. 검은 유니폼 차림의 선수 하나를 제치고, 다시 맥스를 제쳤다.

다리 앞 철탑이 눈에 들어오는 지점에서 스펜서를 따라잡았다. 둘은 보조를 맞추어 나란히 달렸다. 다리를 건너는 동안 서로 마주보며 고개를 끄덕이고 미소를 짓기도 했다. 그리고 코스의 마지막 오르막길을 함께 단숨에 뛰어올랐다. 딥 래피즈에서 뛸 때 경험했던 에너지가 다시 차오르는 느낌이 들었다. 앞으로. 앞으로. 앞으로. 앞으로. 둘은 계속해서 나란히 달렸다. 사람들의 응원 소리가 요란했다. 결승선을 향해 왼발, 오른발, 왼발, 오른발. 마침내 끝났다. 1등은 스펜서였지만 제이크와 채 1초도 차이가 나지 않았다. 말 그대로 박빙이었다.

뭔가 허전하면서 동시에 뿌듯한 느낌이 속을 가득 채웠다. 가장 먼저, 스펜서 솔로몬은 정말 훌륭한 선수라는 생각이 들었고, 두 번째로 물을 마시고 싶다는 생각이 들었다. 아버지가 다가와서 어깨를 감싸며 물병을 건넸다.

"잘 했다, 우리 아들, 잘 했어."

"고마워요, 아빠."

곧이어 다이아몬드 팀원들이 몰려와 제이크를 에워싸고 등을 두드리며 축하해 주었다. 토니, 숀, 샘이 있었다. 폴은 트롬본 교습 때문에 못 온 모양이었다.

토니가 말했다.

"진짜 잘 뛰었어, 제이크. 우리 다 같이 축하하러 가자. 스노콘이나 한 컵씩 할까?"

모두 몸서리를 치며 웃음을 터뜨렸다. 제이크가 말했다.

"코코아나 마시러 가자. 사이먼이 들어올 때까지 기다렸다가. 오늘 20등 안에 반드시 들겠다고 했거든."

사이먼도 결승선에서 열렬한 환호를 받았다. 숀이 놀려 댔다.

"야, 너 얼굴이 옷만큼 시뻘개."

제이크가 옆으로 가서 악수를 청했다.

"잘 뛰었다, 사이먼."

"고마워, 제이크. 너는 어땠어?"

제이크가 손가락 두 개를 치켜들었다.

"난 2등."

사이먼이 여전히 가쁜 숨을 몰아쉬며 말했다.

"멋지다! 나는 다리가 완전히 풀렸어. 에너지 고갈. 쓰러지기 직전이야."

사이먼은 말을 멈추더니 고개를 좌우로 흔들어 댔다. 그리고 손에게 고개를 숙여 절을 했다.

"미안. 오리 똥의 대가 앞에서 할 말은 아니었는데."

모두 와르르 웃음을 터뜨렸다.

사이먼이 말했다.

"나 몇 등으로 들어왔는지 확인 좀 하고 올게. 오늘은 느낌이 좋아."

아이들은 주차장 쪽으로 걸어가기 시작했다.

"가자, 제이크!"

제이크가 대답했다.

"금방 따라갈게."

악수를 청해야 할 사람이 한 명 더 있었다. 스펜서는 어디 있지? 바로 저기, 혼잡하게 몰려 있는 군중 틈에 스펜서가 보인다. 그때 마치 얼음물을 머리부터 뒤집어쓴 느낌이 들었다. 날씨 때문이 아니었다. 언제 왔는지 코치 선생님이 벌써 스펜서와 악수를 나누고 있었던 것이다. 왜 코치 선생님이 월요일 훈련에 빠져도 된다고 했는지, 왜 주 대회에 관해 자세히 얘기해 주기를 꺼렸는지 이제야 알 것 같았다.

'이 경기의 결과를 기다렸구나. 이제 스펜서를 팀에 합류시키려 하겠지.'

뭐, 당연했다. 스펜서는 뛰어난 크로스컨트리 선수니까. 그렇지만……. 코치 선생님은 스펜서와 이야기를 나누며 크게 웃다가 제이크를 발견하고 다가왔다. 얼굴 가득 웃음을 짓고 있었다. 제이크는 실망할 준비를 단단히 했다. 그리고 어색하게 손을 내밀어 코치 선생님과 악수를 나누며 말했다.

"다이아몬드 팀에 합류할 기회를 주셔서 정말 고맙습니다."

코치가 약간 어리둥절해하며 대답했다.

"나도 내가 참 잘한 일이라고 생각해."

"더 이상 제가 필요 없으시다는 것도 알아요."

"네가 필요 없다고?"

"이제 물러나 달라고 하시는 거잖아요."

"내가 너한테 물러나 달라고 했다고? 언제?"

"팀을 위해서 그러시는 것 알아요. 워낙 큰 경기를 치러야 하니 스펜서가 나을 거예요."

코치 선생님은 이제야 감을 잡았다는 듯 고개를 저었다. 그리고 제이크의 손을 놓더니 어깨를 툭 쳤다.

"제이크, 너 대체 무슨 소릴 하는 거야? 너는 여전히 우리 팀원이다. 내가 왜 너를 내보내겠니?"

"안 내보내신다고요?"

"안 내보내. 스펜서는 그냥 축하만 해 준 거야. 너한테도 축하 인사를 해 줄 참이었단다. 잘 뛰었다."

제이크가 가늘게 숨을 내쉬었다. 내내 숨을 참고 있었다는 사실도 모르고 있었다.

"고맙습니다."

"말이 나왔으니 말인데, 주 대회에 참가하려면 어차피 선수를 한 명 더 구해야 해. 폴이 수두에 걸렸단다. 요새 유행이라고 하던데. 나는 그게 어린애들이나 걸리는 병인 줄 알았지 뭐니."

제이크가 웃음을 터뜨렸다.

"저도 그랬어요. 불쌍한 폴. 가만히 누워 있으려면 꽤 답답하겠네요."

둘은 마주보며 고개를 끄덕였다.

"선수를 구하신다면 스펜서만 한 애가 없을 거예요."

"그래?"

"그럼요."

"좋아. 한번 말을 꺼내보마. 그리고 네 친구 사이먼에게도 뭔가 자리를 하나 만들어 줘야겠다. 그 아이는 선수들 사기를 북돋우는 재주가 뛰어나던데. 어떻게 생각하니?"

"바로 보셨어요."

제이크가 아빠와 함께 집에 도착해 보니 부엌 식탁이 온통 상자로 뒤덮여 있었다.

엄마가 물었다.

"어땠어?"

제이크가 대답했다.

"재밌었어요. 2등 했어요."

엄마가 손으로 제이크의 머리를 흐트러뜨리며 말했다.

"잘했네. 이제 만족하지?"

제이크는 아빠를 돌아보며 웃음을 터뜨렸다. 아빠는 코치 선생님으로부터 받은 주 대회 안내문을 들여다보면서 주말 계획을 세우고 있던 참이었다.

제이크가 대답했다.

"거의. 이건 뭐예요?"

엄마가 말을 이었다.

"2주인가 3주 후에 큰 공연이 열리는데 홍보를 도우려고."

제이크 바로 옆에 놓인 상자는 모두 전단지로 가득했다. 제이크가 전단지 한 장을 꺼내 살피며 물었다.

"무슨 공연? 형도 가요?"

엄마가 웃으며 말했다.

"간다고 할 수 있지."

제이크의 손에 들린 전단지에는 '청소년을 위한 공연. 케이브 드웰러, 폰드 스컴 및 유명 솔로 기타리스트 루크 자비스 출연'이라고 적혀 있었다.

제이크의 눈이 접시처럼 커졌다.

"사람들이 진짜 형 연주를 보러 온다고요?"

아빠가 웃으며 말했다.

"실력이 그렇게 나쁘지는 않더라고."

엄마의 설명이 이어졌다.

"그래서 그 전단지를 나눠 주고 무대도 세워야 해. 한데 지금 제일 큰 문제는 음료랑 간식거리 주문이야. 어디다 부탁해야 할지 모르겠구나. 누구 좋은 생각 있는 사람?"

제이크의 답은 준비되어 있었다.

"엄마, 벤 베이커리에 전화해 봐요."

"거기가 잘한대?"

제이크가 자신 있게 추천했다.

"응, 엄청!"

"그럼 그러지, 뭐."

“엄마, 사이먼도 초대해도 돼요?”

“그러렴. 끝나는 시간이 많이 늦을 것 같으니 자고 가라고
해.”

아빠가 끼어들었다.

“피자도 만들어 먹고, 영화도 볼 거라고 말해 줘.”

제이크의 전화를 받고 사이먼이 함성을 질렀다.

“진짜 재미있겠다!”

그러나 피자 토핑으로 피클을 올려 보자는 사이먼의 제안
에는 도저히 동조해 줄 수가 없었다.

제이크가 말을 이었다.

“그 대신 네가 좋아할 만한 영화는 알지.”

둘은 동시에 소리쳤다.

“스파이더맨!”